바람이 부는 대로
마음이 끌리는 대로

# 바람이 부는 대로
# 마음이 끌리는 대로

이상희 지음

강현별

# 프롤로그

나는 대체로 해맑은 사람이지만 한때는 불안하고 우울한 감정이 들면, 스스로 버거울 정도로 그 감정에 깊이 빠져들었다. 쉽게 말해서 365일 중 360일이 즐겁지만, 기분이 좋지 않은 5일이 마치 지옥처럼 느껴졌다. 감정에서 쉽게 벗어나지 못하고 계속해서 부정적인 생각만 하게 되어서 나는 물론이고, 곁에 있는 이들까지 힘들게 했다. 그러면서도 대부분 밝은 모습이 주를 이루었기 때문에 이면의 부정적인 감정들은 '기다리면 괜찮아질 것'이라며 뒤로 감추고 살아왔다.

또, 어떤 일을 하더라도 무조건 잘 해내야 한다는 집착과 강박이 있었다. 나는 이런 모습을 그저 열심히 사는 것이라 착각했다. 하지만 목적을 잃어버린 '열심히'는 오히려 좋지 못한 영향을 주었다. 그리고 내 모습을 솔직하게 드러내는 것에 자신이 없었다. 부족해 보이고 싶지 않아서 애써 당당한 척하느라 오히려 상처투성이가 되고 있었다.

오해를 살까 봐 다시 이야기하지만, 나는 정말 해맑고 긍정적인 편이다. 위에서 말하고 있는 것들은 나를 기록하며 마주한 나의 '못난 모습'들이다. 결과적으로 현재는 나에게 잘 맞는 방식과 루틴으로 안정감을 되찾았다. 불안과 강박을 내려놓을 수 있게 되었고, 전보다는 유연한 사람이 되었다.

이 책은 내가 자존감이 낮았을 때, 꿈을 잃고 방황했을 때, 번아웃이 왔을 때, 이별의 아픔을 겪었을 때, 프리랜서가 되어 불안했을 때 등 다양한 불안과 걱정의 시기를 극복하는 과정을 담고 있다. "이 방법이 정답이에요!"라고 말하려는 것이 아니다. 다만 허심탄회하게 쓴 나의 이야기를 편안하게 읽었으면 좋겠다. 그러고 나서 현재 불안한 감정이 드는 사람들, 자존감이 떨어진 사람들에게 작은 위로가 된다면 더 바랄 게 없다.

# 차례

## Part 2

# 오늘도 그리고 내일도 꿈꾼다

## Part 1

끊임없이 달려온
어제의 나

# 칭찬장

어렸을 때 나는 지금의 모습과는 많이 달랐다. 자존감도 낮았고, 항상 남의 삶이 부러웠고, 내 할 일을 열심히 하지 않는 학생이었다. 내가 학생이던 시절에는 지금처럼 직업에 대한 다양성이 인정되지 않았다. 적어도 내 주변은 그랬다. 공부를 잘하는 것이 학생의 도리이고, 성공하기 위한 가장 쉬운 방법이라고들 했다. 하지만 그 당시에 나는 왜 공부를 해야 하는지 깨닫지 못했고, 괜한 반항심이 생겨 더욱 공부하지 않았다. 당연히 학년이 올라갈수록 성적은 점점 떨어졌다.

그런 나와는 다르게 친언니는 어릴 때부터 공부를 정말 잘했다. 언니와 같은 학원에 다니거나 같은 중학교에 다닐 땐, 언니와 나를 동시에 아는 선생님들에게 "둘이 자매였어?", "언니는 공부를 잘하는데, 너는 왜 그러니?"라는 말을 수없이 들어 왔다(드라마 〈응답하라 1988〉의 주인공인 성덕선 '현실판'이었다). 이런 비교를 자주 당하다 보니 어릴 때는 언니에게 적대심도 있었고, 어떤 것이든 언니보다 잘하는 걸 찾아서 나도 빨리 인정받고 싶다는 욕구가 강했던 것 같다. 언니는 매번 소위 '전교권'에 들던 모범생이었기 때문에, 공부로는 절대 언니를 이기지 못하겠다는 판단을 내렸다.

다행히 언니보다 예체능 분야에 재능이 있었고, 그중에서도 그림 그리기를 참 좋아하고, 잘했다. 초등학교 때 풍경화 그리기 대회를 나가면 항상 나만 상을 타왔었는데, 상을 타서 기뻤다기보다는 '언니는 못 탔고 나는 상을 탔다'는 점이 제일 기뻤다. 언니보다 잘하는 것을 발견한 이후로 미술이 내 길인 것 같다고 판단했고, 미대 진학까지 결심하게 되었다. 입시 미술을 준비할 때는 정말 열심히 그림을 그렸다. 이거라도 잘하지 않으면 안 될 것 같아서 더욱 열심히 했다.

내가 다니던 미술 학원은 실력에 따라 반이 나뉘었는데, 나는 가장 높은 등급의 반에 속해 수업을 들을 정도로 실력을 인정받았다. 또한 친구들의 부러움과 선생님들의 칭찬을 받는 '좋은 학생'이었다. 하지만 대부분의 시간을 학교에서 보내야 하는 학생은, 안타깝게도 학교에서의 모습이 곧 나의 정체성이었다.

학교 선생님들이 기억하는 나는 여전히 공부를 못하는 학생이었고, 공부를 못해서 미대 진학을 준비하는 학생이었다. 그런 시선들이 완전히 틀린 것은 아니었기 때문에 나도 크게 반박할 수는 없었다. 내가 잘하는 것이 생겼는데도 공부를 못해서 좋은 학생으로 인정받지 못한다는 점은 나를 힘들게 했고, 자존감도 무너지게 만들었다.

그러다 고등학교 1학년 때, 한 친구가 나에게 예쁜 노트를 선물해 줬다. 손바닥만 한 크기에 앞표지에는 귀여운 로봇이 그려진 노트였다. '여기다가 그림이나 그려야지.' 생각하고 서랍에 넣어 둔 채 잊고 지냈다. 그렇게 며칠이 지나고, 나는 한 수업 도중에 선생님에게 발표를 잘했다는 칭찬을 듣게 되었다. 그날은 유독 기분이 안 좋았던 날이어서 그런지 그 칭찬 한마디가 나에게 정말 큰 힘이 되었다. 미술 학원이 아닌 학교에서 거의 처음 듣는 칭찬이라 더더욱 의미가 있기도 했다. 무척 기분이 좋았지만, 누군가에게 자랑을 하거나 소문을 내기에는 너무 미미한 일이기도 했다. 그래서 혼자 마음에 담아 두다가 서랍 속 노트를 꺼내 한두 줄 적어 보았다.

'오늘 ○○○ 선생님이 ○○○이라고 칭찬했다.'
'참 잘했어. 너도 할 수 있어.'

선생님께서 해 주신 칭찬을 적고, 스스로를 칭찬해 주었다. 이게 뭐라고 갑자기 인정받은 느낌이 들고 자신감이 생겼다. 그리고 앞으로 별것 아니더라도 내가 들은 작은 칭찬을 이 노트에 하나씩 적어 보자는 생각이 들었다.

나는 유치하지만 네임 펜을 꺼내 들어 로봇이 그려진 노트 표지에 '칭찬장'이라고 적었다. 그날 이후로 하루하루 별것 아닌 칭찬을 모으고 기록했다. 물론, 아무도 칭찬을 해 주지 않은 날도 있었다. 누군가에게 아무런 칭찬도 받지 못한 날에는, 스스로 찾아내서 칭찬을 적었다.

'지나가다 불이 덜 꺼진 담배꽁초를 발로 밟아 끈 것.'
'친구와 싸웠는데 내가 먼저 사과한 것.'

처음엔 한 줄로 시작했는데 나중에는 점점 그날의 상황과 기분을 구체적으로 기록하고 싶어졌다. 얼마 지나지 않아 칭찬장은 자연스레 일기장이 되었고, 나의 감정들을 쏟아 내는 비밀 공간이 되었다. 일기라고 생각하면 참 적기 싫은 숙제 같은데, 나에게 전하는 메시지라고 생각하니 할 말이 정말 많아졌다. 마음이 힘든 날에는 3~4장씩 적으며 하소연하기도 하고, 가장 친한 친구나 부모님과 다툰 날에는 다른 사람에게 털어놓을 수 없으니, 일기장에 욕을 한가득 적으며 감정을 추스르기도 했다.

글을 적다가 그러데이션 분노를 느끼고 흐느껴 운 적도 많다. 일기장에 글을 쓰는 것은 그 누구에게 털어놓는 것보다 가장 후련했다. 아마도 가장 솔직하고 일차원적인 감정을 쏟아 낼 수 있어서 그런 게 아닐까 싶다.

첫 번째 일기장의 마지막 장을 채운 날, 일기장의 첫 장부터 다시 읽어 보았다. 불과 몇 개월 전에 내가 쓴 글인데 그렇게 부끄러울 수가 없었다. 일기장 속의 나는 너무 이기적이고 부정적인 생각들로 가득 찬 사람이었고, 그런 내 모습이 너무 싫었다. 다른 사람에게 털어놓지 않고 일기장에만 적어 두어서 천만다행이라는 생각도 들었다. 혹시나 책장에 꽂아 두면 누군가 볼까 봐 불안해서, 새 일기장을 쓰면서도 첫 번째 일기장을 가지고 다녀야 마음이 놓였다. 결국 그런 점이 너무 불편해서 첫 번째 일기장을 버리기로 결심했다.

일기장을 갈기갈기 찢어 아파트 쓰레기 분리수거
장에 버렸다. 아직도 그날의 장면이 선명하다. 일기
장 속의 부끄러운 나를 반성하고, 과거의 미숙했던
나의 모습을 버린다고 생각했다. 며칠 뒤, 다른 쓰레
기들과 함께 내 일기장까지 깔끔하게 수거된 분리
수거장을 지나가면서 몇 가지 다짐을 하게 되었다.

첫 번째, 감정적으로 힘들 땐 사람을 만나지 말고
지금처럼 일기를 쓰자.
두 번째, 이 일기가 칭찬장이었다는 점을 절대 잊
지 말자.
세 번째, 일기장을 다 채우고 바꿀 때마다 조금씩
더 성장하는 사람이 되자.

나는 지금도 힘든 일이 있거나 고민이 있을 때 누
군가에게 이야기하기 전에 일기를 쓴다. 솔직하게
고민을 털어놓을 수 있어서 가장 후련하기도 하고,
상황과 감정을 솔직하게 드러내고 인정하는 과정에

서 스스로 많이 돌아보게 된다. 그리고 일기를 쓰다 보면 격했던 감정이 서서히 차분해진다. 걱정만 늘어놓았던 처음과 다르게 마지막 문장을 적을 때쯤에는 별거 아닌 일처럼 넘기게 되거나, 현명한 해결 방법이 번쩍 떠오르기도 한다.

미래에 대한 생각도 자주 적으려 노력한다. 글로 적다 보면 두루뭉술하게 떠다니던 머릿속 생각들이 잘 정리된다. 그러다 보면 꿈이 선명해지면서 용기도 생기고, 흐트러진 마음가짐도 재정비할 수 있게 된다. 그간 나에게 있었던 크고 작은 사건들을 훌훌 털고 이겨낼 수 있었던 데에는 일기가 큰 도움이 되었다. 일기를 쓰는 일은 어떤 방면에서든 유익하고 좋은 일이라고 생각한다. 그렇기 때문에 내 주변 사람들에게 여태껏 추천하고 있고, 이 글을 읽는 독자님들께도 강력히 추천해 드리고 싶다.

어릴 적 숙제처럼 억지로 한 페이지를 가득 채우지 않아도 된다. 그날의 기분을 한 줄로 요약해서 적어도 되고, 감명 깊게 읽은 책이나 재밌게 본 영화

내용을 한 줄 적는 것도 좋다. 사실 글이 아니어도 된다. 짧은 영상이나 사진을 블로그에 기록하는 것도 아주 좋은 방법이다. 하루하루 열심히 살아가는 나를 알아주고, 기억해 주고, 칭찬해 주는 것이라면 어떤 형태든 위안이 될 거라 믿는다.

# 내 인생을 바꿔 준 사람

가까운 사이일수록 상대방이 더 잘되길 바라는 마음과 걱정하는 마음이 앞서 잔소리를 하게 될 때가 있다. 혹은 불필요한 질문을 하기도 한다. 나를 생각해서 하는 걱정 어린 말들이라는 걸 알지만, 그런 말을 들을 때면 용기 내어 결정한 것들이 부끄럽게 느껴진다. 또한 부담감이 커져서 하려던 일을 포기하고 싶기도 하다. 나는 목표를 이루기 위해서 종종 불안정한 선택과 결정을 할 때가 있는데, 그때마다 그런 걱정스러운 조언에 스스로 작아지는 것을 느낀다.

학창 시절의 나는 자존감이 낮아서 남들의 말에 쉽게 휘둘렸다. 그 당시에 나는 내가 가장 잘하는 것을 하면서도 확신이 없었다. 아주 잘 그린 그림도 누군가가 잘 그렸다고 말해 주기 전까지는 스스로 잘 그렸다고 생각하지 못했다. 잘하는 분야도 그 정도였으니 잘하지 못했던 분야에서는 도대체 어땠겠나. '맛있다', '예쁘다', '이 노래 좋다' 등 내 감각과 모든 표현에 확신을 갖지 못했고, 진로를 선택하는 과정에서조차 타인의 시선이 기준이 되었다.

하지만 그랬던 나의 성격이 크게 바뀌게 된 계기가 있었다. 나에게 '인생에서 가장 좋은 영향을 미친 사람'이 누구냐고 물어본다면, 망설임 없이 한 명을 떠올릴 수 있다. 그 사람은 사랑하는 가족도, 가장 친한 친구들도 아니다. 바로 입시 미술 학원에서 고등학교 2학년 때부터 3학년 때까지 나를 가르쳤던 선생님이다. 그분 덕분에 나는 자신감 없던 학창 시절 모습에서 완전히 벗어날 수 있었다.

입시 미술 학원에서는 그림에 대한 평가가 아주

중요하다. 하지만 그 평가라는 것은 매우 주관적이기 때문에, 평소에 그림을 가장 잘 그리는 학생이라고 가장 먼저 대학에 붙는 것은 아니었다. 평소 그림을 잘 그린다고 평가받던 나는, 지원하는 족족 대학에 떨어졌다. 내신 성적이 그다지 좋지 않았기 때문에 성적이 반영되는 학과는 그럴 수 있다고 생각했지만, 반영되지 않는 학과 또한 결과가 좋지 않았다. 옆에서 같이 그림을 그리던 친구들이 합격 문자를 받고, 하나둘씩 짐을 싸서 떠났다. 그럴 때마다 문 앞에서 혼란스러운 감정을 숨기고 친구들을 배웅했었다.

그 시절에 나는 항상 불안하고 허전한 마음이 들었다. '내가 잘못하고 있는 건가?', '혹시 내 그림에 문제가 있나?' 늘 스스로를 의심하고 자책하던 시기였다. 이런 불안의 시기에, 내가 가장 많이 의지했던 사람은 앞서 말했던 나의 미술 학원 선생님이었다. 선생님은 어떠한 결과에도 항상 나를 믿어 주셨다. 또한 내가 열심히 하고 있다는 것, 그리고 잘하고 있다는 것을 계속해서 이야기해 주셨다.

가끔은 정말 뜬금없이, "상희야, 넌 정말 잘 될 것 같다.", "지금은 불안하고 어려서 못 느낄 수도 있겠지만, 넌 분명 잘 될 거야."라는 말씀을 하곤 하셨다. 나는 속으로 '대체 뭐라는 거야.'라고 투덜대며 선생님의 말씀을 믿지 않았다. 심지어 어떤 날은 육성으로 그런 투정들을 내뱉은 적도 있었다. '나 스스로도 미래에 대한 확신이 없는데, 대체 왜 저런 이야기를 하시는 걸까?' 궁금하기도 했다.

막상 들을 때는 잘 몰랐지만 사실 불안하고 힘든 순간이면, 그 말이 가장 먼저 떠오르곤 했다. 그리고 그 말은 나에게 줄곧 힘이 되어 주었다. 지금 와 생각해 보니, 어쩌면 그 시기에 나에게 가장 필요한 말이었는지도 모르겠다. 선생님은 내가 흔들리고 불안할 때도 묵묵히 나를 믿어 주고 응원해 주는 사람이었다. 그분의 무한한 신뢰 덕에 나는 자신감을 찾고 무사히 대학에 입학할 수 있었다. 자존감이 바닥을 치던 시기를 이겨 낸 경험은 이후에 생긴 어떤 좌절의 상황도 툭툭 털고 다시 일어날 수 있게 만드는 힘이 되었다. 나는 그 경험이 내 인생의 전환점이 되었다고 생각한다.


　고등학교를 졸업한 후, 그 선생님의 밑에서 일 년
간 학원 강사로 일한 적이 있었다. 강사로 같이 일을
시작하고 가진 회식 자리에서 그동안 감사했던 마
음을 허심탄회하게 전했다.
　"선생님이 저 정말 힘들 때, 말씀해 주셨던 거 기
억하세요? 정말 감사했어요."
　구체적인 상황을 예로 들며 감사함을 전했지만,
선생님은 대부분 기억하지 못하셨다.
　"기억이 정말 안 나세요?"
　재차 물어보는 나에게, "그냥 너 기분 좋아지라고
한 말이었나 보다. 허허, 기억이 안 나네." 하며 웃으
셨다.


　사실 좀 충격이었다(시간이 더 지나서 감사하다
는 내 말에 민망해서 기억나지 않는 척하신 걸 알게
되었지만). '어떻게 그 말을 기억 못 할 수 있지?', '진
심이 아니었던 것인가?', '그 대화는 나에게만 중요
한 대화였나?' 이런저런 생각이 다 들면서 허무하

기도 했다. 하지만 그러다 문득, '그 말이 진짜가 아니면 어떤가. 나는 결과적으로 그 말에 큰 힘을 얻었고, 그 말 덕분에 열심히 살아가는 사람이 되었는데.'라는 생각이 들었다.

그날 이후로 나는 말이 가진 힘과 나비 효과를 믿게 되었다. 스쳐 지나가는 말 한마디에도 누군가는 삶의 목적을 찾기도 한다는 것을 말이다.

일 년간의 강사 생활을 하면서 과거의 나처럼 갈피를 잡지 못하고 힘들어하는 학생들이 있으면, 고민 상담을 해 주거나 불안을 덜어 주려고 노력했다. 가끔 학생들이 "오늘 이야기 들어 주셔서 감사하다.", "힘이 되었다."라는 문자를 보내 주면 단순히 기분이 좋은 걸 넘어서 마음이 따뜻해지고 감격스럽기까지 했다. 내가 내뱉은 작은 말들이 누군가에게 긍정적인 영향을 끼치고, 또 그 영향이 나에게도 좋은 자극으로 되돌아온다는 것을 깨달았다.

현재 유튜브 채널을 운영하면서도 말의 기운을 느

끼는 순간을 자주 경험한다. 영상에 담는 메시지들을 보고 "힐링이 된다.", "활력을 얻는다."라고 말해주는 구독자분들이 있다. 그런 구독자분들과 소통할 때면, 그들뿐 아니라 나 또한 힘을 얻고 위로를 받는다.

앞서 말했듯이, 말에는 에너지가 있다. 이 같은 에너지는 긍정적으로도, 부정적으로도 발현될 수 있다. 그리고 내가 타인에게 듣는 말, 내가 상대방에게 하는 말, 나 스스로에게 하는 말 등 다양한 방식을 통해 느낄 수 있다. 나는 말의 힘을 최대한 긍정적인 방향으로만 사용하기 위해 여러 가지 노력을 하고 있다.

첫 번째로, 어떤 일을 새롭게 시작하기로 결심하는 과정에서는 최대한 말을 아낀다. 가까운 사이라는 이유로 지인이나 가족에게 불안함을 내보이지 않고, 객관적인 판단을 위해서라며 많은 이에게 고민을 털어놓는 행동도 하지 않는다. 이는 주변의 말에 휘둘리지 않고 스스로 단단한 의사 결정을 하기 위함이다. 이 과정에서 스스로에게 계속해서 긍정적인 말을 내뱉는다. 항상 할 수 있다고 되새기고 다짐한다. 그러다 보면 정말 없던 용기가 생겨나서 당장이라도 일을 저지르고 싶어지기도 한다.

나는 타인에게 듣는 응원보다, 스스로에게 해 주는 응원에 더 큰 에너지가 있다고 생각한다. 그래서 힘이 들거나 고민이 될 때는 가장 먼저, 나 자신으로부터 용기를 얻으려 노력한다. 나에게 좋은 말을 해 주고 목표하는 것을 계속해서 다짐하다 보면, 어떤 일이라도 다 해낼 수 있다고 믿는다.

두 번째로, 긍정적인 에너지가 가득한 주변 상황을 만든다. 반드시 가장 가까운 사람에게만 고민을 털어놓아야 하는 것은 아니다. 가장 가까운 사이라고 해서 나의 고민을 완벽히 이해할 수 있는 것이 아니다. 오히려 그들의 애정 어린 걱정과 잔소리에 감정이 상하거나 주눅이 들 수도 있다. 또, 내 고민이 누군가에게 마음의 짐처럼 여겨지거나 부정적인 영향을 줄 수 있다.

나는 누군가에게 털어놓고 싶은 일이 생기면, 내 고민을 가장 잘 공감해 줄 수 있고 응원해 줄 수 있는 사람들을 찾아 나선다. 꼭 알고 지내던 사람이나 친한 사이가 아니어도 좋다. 예를 들어, 취업을 준비하는 과정이라면 스터디 모임에서 알게 된 사람처럼 공감대를 형성하기 좋은 상대를 찾고 대화하려고 한다. 같은 걱정이나 관심사를 가진 사람들끼리는 더 부담 없이 고민을 털어놓을 수 있고, 대화를 통해 서로 위로를 받기 쉽다. 나 또는 상대방, 한쪽만 일방적으로 이야기를 하고, 이야기를 듣는 관계가 아니게 된다. 깊은 대화를 통해서 보다 넓은 견해를 가질 수 있고, 좋은 정보를 나눌 수 있게 된다는 점에서도 아주 좋다.

　마지막으로, 누군가 내게 새로운 시작을 앞두고 조언을 구한다면, 그 사람의 이야기에 진심으로 경청하고 관심을 가지려고 노력한다. 상대가 아무리 이루기 어려워 보이는 큰 꿈을 말하더라도, 나는 끝까지 믿고 응원해 주고 싶다. 이미 의사 결정을 끝낸 이에게는 더더욱 나의 의견을 보태지 않는 것이 좋

다. "일단 해 보자. 좋은데? 잘할 것 같은데?" 등의
긍정적인 말로 용기를 준다.

나는 누군가와 꿈에 대해서 대화하는 것이 정말
설레고 신이 난다. 그리고 그 꿈을 실제로 이루어 가
는 모습을 지켜보면, 긍정적인 자극을 받아서 '나도
더 열심히 해야지.'라는 다짐을 하게 된다. 처음에
고민 가득했던 대화가 끝내 긍정적으로 환기되는
순간, 나에게도 비슷하게 머물러 있던 불안함이 씻
겨 내려가는 기분이 들기도 한다. 진심으로 관심을
가지는 일은 상대방을 위한 일이지만, 결과적으로
는 나에게도 좋은 일이 되어 돌아온다는 것이다. 이
런 대화의 장점은 꼭 사람들과 직접적으로 말하지
않아도 경험할 수 있다. 현재 나의 상황에 도움이 될
만한 글귀나, 영상을 보는 것으로도 긍정적인 에너
지를 얻는 데에 도움이 된다.

나는 이런 식으로 흔들리는 상황에서는 최대한 부
정적인 말들을 피하고 긍정적인 말들을 모으려 노
력한다. 실제로 이런 방법들은 내가 조금 더 현명하

고 후회 없는 의사 결정을 하는 데에 큰 도움이 되었다. 앞으로도 나는 이러한 방법으로 나만이 아니라, 내 주변에 사랑하는 이들에게도 긍정적인 영향을 줄 수 있는 사람이 되고 싶다.

# 버킷 리스트
## - 구체적인 목표가 중요한 이유

십 대 때 미국의 〈도전! 슈퍼모델〉 같은 프로그램이나 방송 채널 '올리브 TV'에서 유명인들이 해외여행을 하는 내용의 프로그램들을 즐겨 보았다. 원래도 호기심이 많은 편이라 새로운 것, 유행하는 것은 다 해 봐야 직성이 풀리는 성격이었는데, 그런 프로그램들을 보면 화려한 꿈이 수십 가지는 더 생겨났다. 하지만 그 당시 나는 당장 할 수 있는 게 아무것도 없는 고등학생 신분이었다. 답답한 마음에 독서실에 앉아, 어른이 되면 하고 싶은 것을 일기장에 적어 보기로 했다.

'대학 졸업 여행으로 뉴욕에서 멋진 연말을 맞이하는 것.'

적고 나니 막막했다. 하다못해 서울도 가 본 경험이 없는 나에게 뉴욕은 너무 까마득히 멀게 느껴졌다. 그래도 아무리 터무니없더라도 상상은 자유이지 않나. 막막함을 뒤로하고 가장 먼저 준비할 수 있는 것부터 다시 리스트를 적어 보았다.

'우선 뉴욕에 갈 돈이 필요하니까 대학교에 입학하면 미술 학원 강사 아르바이트를 해야겠다.'
'여행 자금도 모아야 하니까 성적을 잘 관리해서 장학생이 되어야겠다.'
'미국에 가서 영어를 써야 하니 영어 공부도 꾸준히 해야겠다.'

대학교를 졸업하고 여행을 가기까지 지금부터 5년이란 시간이 남았고, 해야 할 일은 너무 많아졌다. 하지만 이 꿈을 이루고 나면 마치 내 삶이 성공에 한 걸음 가까워진 기분이 들 것 같았다. 시작은 뉴욕 여행을 위한 계획이었으나, 곧 5년간의 중장기 목표와 계획이 되었다. 내가 적어 둔 목표대로만 산다면, 5년 뒤에는 내가 동경하는 모습의 사람이 되어 있을 것만 같았다. 설레었다.

대학교 입학과 동시에 나는 아주 바쁜 삶을 살았다. 학교 수업이 오후 6시에 마치면, 한 시간을 이동해 미술 학원으로 향했다. 오후 10시까지 학원 강사 아르바이트를 끝내고, 다시 학교로 돌아가서 밤샘 작업을 했다. 내가 정한 목표들을 다 이루기 위해서는 잠을 줄이는 방법밖에 없었다. 구체적인 목표가 있었기 때문이었을까? 어두컴컴하고 지저분한 작업실에서 쪽잠을 자며 과제를 할 때도 재미있었고, 학교 내 벚꽃 길에서 예쁘게 차려입고 피크닉을 즐기고 있는 다른 학과 학생들을 봐도 부럽지 않았다. 그들이 누리는 여유로움이 나에게 그다지 매력적으로 다가오진 않았다. 노는 것만큼이나 학과 공부를 하는 것이 재미있었고, 차츰차츰 목표에 가까워져 가고 있음을 느낄 때마다 가슴이 두근거렸다.

그렇게 첫 학기를 치열하게 보냈다. 그리고 나는 1학년 1학기에 정말 장학금을 받았다. 버킷 리스트에 첫 동그라미를 친 순간이었다. 첫 동그라미는 목표를 이루었다는 의미를 넘어서, 내 삶에 많은 변화를 불러일으켰다. 엄마 아빠로부터 인정을 받게 되었고, 교수님과 대학 동기들은 나를 장학생으로 기억했다. 자연스레 자신감을 얻게 되었고, 이 점은 나의 대학 생활에서 아주 유리하게 작용했다. 나는 그 자신감을 바탕으로 교내 활동은 물론이고, 학교 밖에서 열리는 활동에도 참여하며 다양한 경험을 쌓을 수 있었다.

그렇게 일 년이 지나고, 고등학생이었던 내가 독서실에서 적었던 버킷 리스트를 다시 읽어 보았다. 그 당시엔 아주 구체적이라고 생각했던 계획들이 다소 허술하게 느껴졌다. 그리고 정확한 수치가 없어서 목표를 달성한 지점을 판단하기 어려운 계획들도 있었다. 나는 보다 더 구체적으로 목표를 수정하기 시작했다.

영어 유창하게 잘하기 → 영어 회화 학원에서 최상위 레벨 반 입성하기
여행 자금 모으기 → 여행 자금 500만 원 모으기

이미 이룬 목표들은 더 어려운 목표로 수정했다.

장학금 타기 → 전체 학기 장학금 타기, 미대 수석 졸업하기

'졸업 여행으로 뉴욕 가기' 또한 구체적인 상황으로 적어 보았다.

- 센트럴 파크에서 아메리카노와 와플 먹기
- 드라마 〈섹스 앤 더 시티〉에 나오는 매그놀리아 베이커리에서 컵케이크 사 먹기
- 사라베스 레스토랑에서 브런치 먹기

구체적으로 기록하니 해야 할 일들이 더욱 선명하게 그려졌다. 버킷 리스트는 이십 대 초반 내 삶의 방향이 되었고, 나를 열심히 살게 하는 원동력이 되

었다.

2015년 12월 25일, 크리스마스. 뉴욕 센트럴 파크에서 와플을 먹고 숙소로 돌아와 마지막 버킷 리스트에 동그라미를 쳤다. 드디어 10가지 버킷 리스트를 다 이룬 날이었다. 그날의 기분을 아직도 잊을 수 없다. 5년이란 세월을 성공적으로 보냈다는 생각이 들었다. 버킷 리스트를 다 이루었다는 사실은 나에게 엄청난 보람과 감동을 가져다주었다.

더 나아가, 목표가 뚜렷한 삶은 그렇지 못한 삶과는 아주 다른 결과를 만들어 낸다는 것을 깨달았다. 만약 내가 5년 전에 이런 계획들을 세우지 않았다면 어땠을까? 대학교 과제 하나도 벅차서 허덕이거나, 술자리만 적극적으로 참여하는 망나니가 되었을지도 모른다. 구체적인 목표가 있었기에 어떠한 유혹에도 흔들리지 않고 해낼 수 있었다고 생각한다.

그래서 그 이후로도 나는 5년 주기로 큰 목표를 설정한다. 신기하게도 5년이 지나 다시 버킷 리스트를 펼쳐보면, 절대 이룰 수 없을 것 같던 아주 높은 목표에 생각보다 가까워져 있거나 비슷한 방향으로 살아가고 있다는 것을 느낀다. 버킷 리스트를 이루는 과정에서 크고 작은 목표를 달성하며 참 많은 것을 배웠다. 그 깨달음을 통해 네 가지 조건을 세웠다. 지금은 새로운 버킷 리스트를 작성할 때마다 네 가지 조건을 충족하는지 점검해 보곤 한다.

1. 목표는 될 수 있으면 높게 잡자.
2. 처음에는 대략적인 목표를 잡되, 이후에는 주기적으로 점검하며 목표를 구체적으로 수정하자. 상황을 수치화, 구체화하는 것은 아주 큰 도움이 된다.
3. 겁먹거나 망설일 시간에 가장 먼저 할 수 있는 작은 일부터 찾아내 하루라도 빨리 행동하자.
4. '에이, 내가 무슨.', '할 수 있을까?'라는 생각은 '해 보지, 뭐!'로 바꾸자.

# Priority

　대학원에 다닐 때 지도 교수님께서 항상 하시던 말씀이 있다.

　"무슨 일을 하든지 Priority(우선순위)를 명확히 정해야 한다."

　입사할 회사를 고를 때든 미래의 남편감을 고를 때든 인생은 선택의 연속이기 때문에 가장 똑똑한 선택을 하기 위해서는, 자신만의 기준과 그 기준을 정한 명확한 이유가 있어야 한다고 하셨다. 그 이야기를 들었을 때는 교수님의 말씀이 크게 와닿지 않았다. '모든 것을 최고의 기준에 맞추어 선택하는 것이 가장 좋은 것 아닌가?' 라는 생각이 들었다.

하지만 세상에는 최고의 기준을 모두 부합하는 선택지는 존재하지 않는다. 설사 있다고 하더라도 모두에게 최고인 기준이 나에게는 최고가 아니고, 의미가 없을 수도 있다. 그리고 현실적인 이유로 한쪽으로 치우친 결정을 해야 할 때도 있다는 것을 시간이 지나고야 알게 되었다.

내가 회사에 지원할 때의 일이다. 나는 연봉도 높고, 복지도 좋고, 수평적인 구조에 출퇴근 시간이 자유롭고, 내가 고려하는 모든 방면에서 최고의 조건을 가진 회사에 입사하길 희망했다. 하지만 한국에서 그런 회사를 찾는 것은 현실적으로 불가능한 일이었다. 특히 내가 지원하는 디자인 직무는 박봉에 야근이 당연시되는 곳이었기 때문에 그런 회사는 더더욱 찾을 수 없었다.

모든 기준을 충족하는 회사를 찾을 수 없다면 어떤 것부터 포기할 것인지, 어떤 것은 절대 포기할 수 없는지, 교수님의 말씀을 떠올리며 우선순위를 정해야만 했다. 나는 회사 생활을 오래 하지 않고, 1~2년

안에 퇴사를 하는 것이 목표였다. 그렇기 때문에 회사 생활 자체에 초점을 맞추기보다는, 퇴근 후 자기 개발 시간을 많이 가질 수 있는 방법에 중점을 두었다.

가장 먼저 포기할 수 있는 건 연봉과 회사의 인지도였다. 대기업이라는 타이틀이 나에게는 전혀 중요하지 않았다. 연봉을 아무리 많이 줘도 빡빡한 직장은 나에게 메리트가 없었다. 퇴근 후 나의 시간을 잘 활용하기 위해서는 '집에서 가깝고 칼퇴근이 가능한 분위기의 회사'인 것이 가장 중요했다.

1. 위치
2. 자유로운 분위기

이렇게 두 가지 우선순위를 정하고 나니, 다양한 선택지 앞에서 나만의 정답이 뚜렷해졌다. 나는 집에서 도보 십 분 거리에 아주 가깝고 자유로운 분위기의 회사에서 2년간 만족스러운 회사 생활을 했다. 다른 선택지를 포기한 것에 대한 아쉬운 마음도 전혀 없었다. 내가 한 최고의 선택이었고, 왜 그런 선택을 했는지에 대해 명확히 답변을 할 수 있기 때문이다.

실제로 나는 회사 생활을 하는 동안 출퇴근 '지옥철'을 경험하지 않으며 스트레스를 덜었고, 덕분에 퇴근 후에 모든 시간을 자기 개발에 투자할 수 있었다. 이런 경험들이 현재 내가 원하는 일을 하며 시간을 알차게 보낼 수 있도록 만들어 주었다.

나는 지금까지도 어떤 선택을 할 때마다 우선순위를 정하고, 그 순위에 맞게 선택지를 고른다. 이런 방법으로 내가 가진 우유부단함을 많이 떨치게 되었다. 우선순위를 정함으로써 나에게 필요한 것이 무엇인지 잘 알게 되었기 때문에 타인의 말이나 유행에 쉽게 휘둘리지 않고 능동적인 의사결정이 가능해졌다. 집을 구할 때나 남자 친구를 만날 때처럼 꽤 중대한 일을 결정할 때도 생각보다 빠르고 명쾌한 해답을 내릴 수 있게 되었다. 그리고 선택한 이유에 대해 명확히 설명할 수 있기 때문에, 스스로 한 선택에 대한 만족도가 높아졌다.

우선순위의 역할은 단순히 선택을 쉽게 하는 것을 넘어서, 삶의 방향을 제시하기도 한다. 왜냐하면 내가 우선시하는 것들은 곧 나의 가치관이고 신념과도 같기 때문이다. 그리고 가치관은 경험을 통해 계속해서 변화할 수 있다. 나는 이십 대 중후반까지 쇼핑하는 것을 굉장히 좋아했다. 그 당시엔 나를 치장하고, 남들에게 멋지게 보이는 것이 가장 중요했다. 남들의 시선을 즐기기 위해 치장을 하고 사람이 북적이는 곳을 다녔었다. 친구들과의 대화 주제도 대부분 패션이나 쇼핑과 관련된 것들이었고 자연스레 같은 관심사를 가진 사람들과 어울리게 되었다.

하지만 최근에는 우선시하는 것들이 많이 바뀌었다. 타인의 시선보다는 진짜 내가 원하는 것, 나에게 어울리는 것을 할 때가 즐겁다. 그러다 보니 자연스레 불필요한 소비도 줄고, SNS 속 남들의 화려한 일상을 보아도 크게 감흥이 없다. 다니는 곳, 먹는 음식, 만나는 사람, 쇼핑 품목 또한 예전에 비해 아주 많이 바뀌었다.

이렇듯 우선순위는, 내 일상을 완전히 바꾸어 놓을 만큼 중요한 문제이다. 설사 잘못된 의사 결정을 하더라도 우선순위는 필요하다. 내 삶의 우선순위에 대해서 생각하고 정리해 보는 것만으로도 실수를 최소화할 수 있기 때문이다. 그리고 늘 옳은 선택만을 할 수는 없겠지만, 그것마저 내가 내린 최선의 선택이었다고 받아들이면 후회하는 일이 적어진다. 더불어 삶의 만족도는 올라간다.

1. 아주 사소한 선택이라도 정확한 기준을 두고 우선순위를 정해 보자.
2. 소비 습관, 결혼, 미래의 꿈 등 인생의 중대한 일도 미리 우선순위를 정하고 고민해 보자.
3. 우선순위는 언제든 바뀔 수 있다.
   자주 체크하고 상황에 맞게 수정하도록 하자.
4. 남들에게 최고인 조건이라고 해서 나에게도 최고의 조건은 아니다.
   내가 생각하는 진짜 중요한 것이 무엇인지 깊이 생각해 보고 우선순위를 정하는 것이 중요하다.

# Do whatever you want

　내가 좋아하는 나의 모습 중 한 가지는 하고 싶은 것이 참 많다는 점이다. 30대의 나, 40대의 나는 어떤 일을 하고 싶다거나 더 자세히는 '어떤 엄마가 되고 싶은지', '어떤 아내가 되고 싶은지' 같은, 되고 싶은 내가 엄청나게 많다. 이러한 '나만의 Wish'를 활용해 인생의 전반적인 계획을 구체적으로 세우는 편이다.

　나의 꿈은 어릴 적부터 확고했다. 나만의 브랜드

를 만드는 것. 내가 만든 제품을 많은 사람과 공유하는 것이었다. 당시 대학교를 졸업하고 다음 스텝을 준비해야 했던 24살의 나는, 당장 브랜드를 운영할 만한 자금도 없었고, 능력도 부족했다. 그래서 서른 살까지 브랜드 오픈을 이루어 내기로 결심하고, 그때까지 그 꿈을 위해 어떤 것을 하면 좋을지 고민해 보았다.

최대한 다양한 경험을 하고, 많은 사람을 만나며 넓은 시각을 가지고 싶었다. 나는 그 수단으로 대학원 진학을 선택했다. 부족한 외국어 실력도 키우고, 브랜드 오픈을 위한 준비도 하면서 나의 역량을 한층 더 키우리라 다짐했다.

당시에는 이보다 더 완벽한 계획은 없다고 생각했다. 하지만 현실은 나의 상상과 매우 달랐고, 그렇게 힘든 대학원 생활이 시작되었다. 나는 대학원 입학과 동시에 상경을 했다. 갑작스레 시작한 서울 생활은 녹록지 않았다. 친척이나 아는 지인도 한 명 없었고, 대학원 내에서 마음이 통하는 친구를 찾기도 쉬운 일은 아니었다. 더군다나 여유로운 생활을 기대했던 것과 다르게 내가 했던 대학원 생활은 웬만한 회사보다도 더 엄격하고 수직적인 구조였다.

　나는 주 6일을 오전 9시에 출근해서 저녁 9시에 퇴근하는 생활을 했다. 그리고 내가 있던 연구실은 회식이 잦은 곳이었다. 자유롭기는커녕 잠시 자리를 비우는 시간까지도 미리 보고해야 할 정도였다. 당연히 여가 생활은 불가능했고, 일요일이면 지쳐서 축 늘어져 자는 게 일상이 되었다. 당장 눈앞에 일상이 지치니 미래에 대한 생각이 잠시 멈췄다. 그렇게 대학원에 입학했던 당시의 포부는 사라진 지 오래고, 영혼 없는 학교생활이 계속되었다. 나는 점점 나를 잃어 가고 있었다.

　그때 나를 가장 힘들게 했던 것은, 외로운 타지 생활도, 바쁜 일상도 아니었다. 더 이상 내가 하고 싶은 일이 무엇인지 떠오르지 않는다는 것이었다. 나는 취향이 확고한 사람이었다. 어떤 것을 선택할 때마다 콕콕 집어서 명확히 이야기하던 내가, 취향을 묻는 물음에 "아무거나요.", "다 괜찮아요."라고 대답하기 일쑤였다. 점점 스스로가 어떤 것을 원하는지 진짜로 알 수 없게 되었다.

사실 내 선택에 자신이 없었다는 표현이 더 맞는 것 같다. 내가 다닌 대학원은 디자인과 학생들과 공학 대학 학생들이 함께 수업을 듣는 일이 많았다. 나와 뇌 구조부터 다른 것 같은 공학 대학 학생들과 수업을 듣고 이야기를 나누면, 그들의 똑똑함에 기가 죽었다. 내가 세상에서 가장 무능한 것 같다는 생각이 들었고, 내 생각과 발언에 자신감을 잃어 갔다.

물론 어릴 적부터 꾸었던 '브랜드 오픈'이라는 꿈도 자연스레 잊혀 갔다. 또한, 브랜드를 오픈한다는 생각은 너무 괴짜 같고 어려운 꿈인 것처럼 느껴졌다. 결국 그 무렵, 졸업을 앞두고 취업 준비에 한창인 동기들을 따라 나도 취업 준비를 시작했다. 하지만 회사를 선택하는 것조차 쉬운 일이 아니었다. 내가 어떤 회사를 원하는지, 어떤 직무에서 일하고 싶은지 깊이 생각해 본 적이 없었기 때문이다. 빈 자소

서를 멍하게 바라보다가 지원 동기를 채우지 못하고 집으로 돌아오곤 했다. 취업 준비 과정에서 어떠한 떨림이나 설렘도 전혀 느끼지 못했다. 꿈을 잃은 기분이 들었고, 대학원에서 보낸 2년의 세월이 허탈하게만 느껴졌다.

그러던 중, 친구가 우리 집에 하루 머물다 간 적이 있다. 고등학교 때부터 승무원이 되고 싶다던 친구였는데, 항공사 면접을 앞두고 잠깐 서울에 머물게 되었다. 그날, 친구가 면접 준비를 도와 달라고 부탁했다. 나는 면접 연습을 위해 예상 질문이 적힌 친구의 다이어리를 건네받았다. 나는 그 순간, 친구의 다이어리를 보고 큰 충격을 받았다. 빡빡하게 채워진 하루하루의 계획과 세세한 예상 질문 리스트에서 친구의 간절함과 열정이 느껴졌기 때문이다. 멋지다는 생각과 동시에 나 자신이 부끄러워졌다. 이 친구가 이렇게 열심히 준비하는 동안 난 무엇을 하고 있었을까?

친구에게 물어보았다.

"너는 만약에 시험에 불합격한다면 어떨 것 같아?"

친구가 대답했다.

"나는 끝까지 할 거야. 그리고 언젠간 꼭 승무원이 될 거야!"

확신에 찬 친구의 대답에 정신이 번쩍 들었다. 끝까지 해 보겠다는 용기와 열정이 정말 멋있었다. 지금 생각해 보면 참 바보 같은 질문이었다. 나는 시험을 치기도 전에 떨어지는 것을 걱정하고, 달아날 생각부터 하고 있었다. 그 당시에 나는 그랬다. 예전과는 다르게 최선을 다하지도 않았고, 간절히 바라는 것도 없었다. 하고 싶은 일을 위해 용기를 내지도 않았다.

친구가 떠난 후 내 다이어리를 꺼냈다. 참 오랜만에 꺼내 보는 것 같았다. 마지막으로 적었던 일기는 3개월도 더 지나 있었다. 예전에 적어 두었던 버킷리스트를 하나하나 다시 읽어 보았다. '몇 년 전에 나는 패기 넘쳤네.', '내 꿈은 뜨거웠고 나도 열정이 넘치는 사람이었구나.' 많은 생각과 더불어 과거의 내가 남겼던 기록에서 다시 용기를 얻었다.

그리고 다시 다이어리를 써 내려갔다. 브랜드를 오픈하기 위해서는 사업 자금이 필요했다. 사업 자금을 마련하기 위해 취업을 하기로 결심했다. 분명 몇 개월 전과 '취업을 한다'는 결정은 같았다. 하지만 목적을 분명히 정한 이후의 취업 준비는 이전과 확실히 달랐다. 회사 생활은 최종 목표를 이루기 위한 과정이라는 것을 깨달은 이후로는 취업 준비에 많은 시간을 투자하고 싶지 않았다.

그리고 '회사'라는 것이 내 인생에 큰 비중을 차지하지 않는다고 생각하니, 면접 또한 긴장하지 않고 편안한 마음으로 볼 수 있게 되었다. 예상대로 결과역시 훨씬 좋았다. 나는 입사를 하기 전부터 입사 이후의 삶을 계획하게 되었고, 최대한 시간을 앞당기기 위해 당장 입사할 수 있는 회사들을 찾았다. 그러다 한 에이전시에 면접을 보게 되었고, 마침내 입사에 성공하게 되었다.

회사 생활을 시작하면서 아무리 일이 바쁘고 힘들

어도 절대 꿈을 잃지 않을 거라고 여러 번 다짐했다. 그리고 이 회사는 목적지가 아닌, 내 미래를 위한 과정임을 끊임없이 스스로 상기했다. 이렇게 생각했던 덕일까? 회사에서 아무리 큰 문제가 생겨도, 힘든 일이 있어도 나는 크게 연연하지 않았다. 나에게 있어서 회사에서의 사건과 사고는 결과가 아닌, 결과를 만들기 위한 발전의 과정이었기 때문이다.

예민할 일이 없으니 인간관계도 훨씬 수월해졌다. 회사 생활이 점점 재미있어지고, 하는 일도 즐기며 하게 되었다. 퇴근을 하고 집으로 돌아와서는 영어 공부도 하고, 책을 읽기도 하며 남는 시간을 보냈다. 브랜드 운영 자금을 마련하기 위해 저축도 열심히 하고, 경제 공부도 시작했다. 무언가를 꿈꾸며 살아가는 것만으로도 행복도가 올라가는 것을 느꼈다. 다시 두근거리고, 하루하루가 행복했다. 그 감정은 연쇄적으로 모든 일에 긍정적인 영향을 끼쳤고, 다시 도전하고 싶은 용기를 주었다.

하고 싶은 것이 분명해진 이후로는 행동에 속도가

붙기 시작했다. 원래 서른 살에 이루려던 목표를 조금 더 앞당길 수 있을 것 같았다. 2020년, 새해 다짐으로 브랜드를 오픈하기로 했다. 2020년은 계획보다 2년을 앞당긴 시기였다.

내가 지금 당장 할 수 있는 일이 무엇일까? 나는 브랜드명을 짓기로 했다. 그날 곧바로 침대에 엎드려 브랜드명을 짓고, 상표권을 등록했다. 그 당시 살고 있던 원룸이 303호였고, 303호에서 브랜드 오픈을 꿈꾸며 계획했던 것들을 다 이루어 나간다는 의미로 'Plan.no.303(플랜넘버303)'이라는 이름을 지었다.

지금도 가끔 대학원에 다니며 삶의 방향과 목적을 잃었던 고통이 떠오른다. 그렇기 때문에 지금처럼 무언가를 꿈꾸는 삶이 얼마나 행복한 것인지를 더욱 절실히 체감한다.

나는 평생 꿈을 꾸며 살아가는 삶이 가장 멋진 삶이라 생각하고, 나도 항상 그렇게 살아가고 싶다. 그래서 브랜드의 슬로건도 'Do whatever you want'로 정했고, 하고 싶은 것들을 마음껏 꿈꾸고 만들어 가려 한다. 이렇게 나의 브랜드, '플랜넘버303'이 만들어졌다.

# Self care

나는 일 앞에서 늘 스스로를 뒷전으로 여겨 왔다. 이건 대학생 때부터 이어진 오래된 습관이다. 디자인이라는 분야는 시간을 투자하는 만큼 그에 따른 결과물이 나오지 않을 때가 많다. 지금 쉬면 내 머릿속 아이디어들이 다 날아가 버릴 것만 같은 불안감이 들어서 일을 멈추는 타이밍을 놓치는 경우도 많았다. 그래서 마감이 임박한 일을 앞두고 있을 땐 끼니를 거르는 것은 물론이고, 쪽잠을 자며 일을 하기 일쑤였다. 지금 당장 일을 해내는 것에 밀려, 나를 돌보는 시간은 '다음에, 이 일만 끝내고.'라며 자주 미루게 되었다.

프리랜서가 된 직후에는 일하는 시간과 나의 시간을 분리하는 것이 어려웠다. 어딘가에 소속되지 못하는 것이 불안해서였을까? 어쩌면 퇴사라는 결정이 실패로 이어지게 될까 봐 부담감을 느꼈던 것일까? 모든 정신이 일하는 데에 집중되어 있었다. 집에 있어도 종일 퇴근하지 못하는 느낌이었다. 열심히 일을 잘 해낼 때도 스스로를 칭찬하기보다는 계속 채찍질만 하게 되었다. 눈에 보이는 성과들이 늘어나고 축하받을 일이 늘어났지만, 나는 계속 불안했고 현재 상황에 쉽게 만족하지 못했다. 잠깐의 뿌듯함만 있을 뿐, 무엇을 위해서 열심히 일하고 있는지를 잊어버릴 때가 많았다.

몇 개월간 불규칙한 습관이 자리 잡으면서 생활 패턴이 무너지고, 밤에 깊게 잠들지 못했다. 그런 생활들이 반복되니 당연하게도 몸에 이상 반응이 일어났다. 몸이 팅팅 붓고 잠을 자도 피로가 풀리지 않는 상태가 되었다. 체력과 면역력에 문제가 생긴 것이다. 하지만 이처럼 컨디션이 좋지 않은 날에도 '다음 주에 병원에 가야겠다, 이 일만 끝내고 쉬어야겠다.' 생각만 하면서 나의 힘듦을 방치했다.

친구들을 만나는 시간이 힐링으로 느껴지지 않고, 감정이 소모되는 시간처럼 느껴졌다. 책을 읽고 차 마시는 시간 또한 성가시고, 작은 움직임에도 쉽게 지쳐 침대에서 몸을 일으키기가 힘들었다. 점점 외출을 피하게 되고, 운동도 멀리했다. 혼자 집에만 있으니 끼니도 대충 때우게 되고, 옷을 갖춰 입는 것도 귀찮았다. 더 이상 나를 돌보는 일이 즐겁지 않았다. 남들의 말에 쉽게 자극받고 예민하게 반응했다. 분명 행복하기 위해 일하는 것인데, 정작 나는 하나도 행복하지 않았다.

무언가 단단히 잘못되었음을 느끼고 잘못된 습관들을 조금씩 고쳐 나가기 시작했다. 그리고 그 과정에서 내가 너무 오랜 시간 방치되어 있었다는 것을 알게 되었다. 갑자기 습관을 바꾸는 것은 너무나도 어려웠다. 체력을 회복하는 시간도, 다시 삶에 균형을 찾는 시간도 아주 오래 걸렸다. 한번 무너짐을 경험한 이후로 지금의 나는 스스로를 돌보는 데에 많

은 시간을 쏟는다. 내가 가장 기본적으로 지키려고
하는 것들이 몇 가지 있다.

첫 번째, 끼니를 거르지 않으려 노력한다.
혹시라도 마감 시간에 쫓기는 날이라면, 편의점
간편식이라도 사서 꼭 식사 시간을 지킨다. 귀찮더
라도 삶은 달걀이나 과일을 추가해서 영양소를 보
충하려고 한다.

두 번째, 일을 최대한 미리 시작하고, 여유 있게
끝내려고 한다.
무리한 일정을 잡지 않고, 최대한 내가 해낼 수 있
을 정도의 일만 계획한다. 어쩔 수 없이 급한 일이
몰려 며칠을 꼬박 일했다면, 꼭 충분한 휴식 시간을
가진다.

세 번째, 휴식 시간에는 모든 포커스를 나에게만
맞춘다.
모두에게 휴식의 형태가 같지는 않다. 쉼이란 각
자에게 맞는 가장 편안한 상태를 즐기는 것이다.

누군가에겐 최고의 휴식이 낮잠을 푹 자는 것일 수도 있지만, 나는 계획 없이 늘어져 자고 나면 오히려 하루를 날린 기분이 들어 허탈하다. 나는 잠을 자는 것보다 내가 좋아하는 것들로 촘촘히 채워진 시간을 보낼 때, 체력이 회복되고 스트레스가 사라지는 것을 느낀다. 일부러 이런 것들을 의식하고 지키려 노력했더니, 점점 일하는 시간과 쉬는 시간을 분리할 수 있게 되었다. 짧더라도 알찬 휴식 시간을 보내는 것이 체력과 긍정적인 기운을 충전해 준다. 그래서 일할 때 더 집중해서 좋은 결과물을 만들게 하고, 일상을 좀 더 건강하게 만든다.

지금은 쉬는 날은 무조건 나 스스로를 돌보기 위한 시간으로 보낸다. 그중 내가 가장 좋아하는 시간은 스스로에게 맛있는 요리를 대접하는 시간이다. 장을 보는 것부터 셀프 케어의 시작이다. 더 신선한 재료를 고르기 위해 이것저것 들었다 놓으며 음식 재료를 살펴본다. 내 몸을 아끼고 있는 과정이란 생각이 들어 왠지 기분이 좋다. 장바구니 가득 신선한 재료들로 채워 집에 돌아올 때면, 발걸음이 가볍고 뿌듯하다. 또한, 내가 자취를 시작하고 나서부터 다짐한 것이 있다.

1. 배달 음식을 멀리하자.
2. 간단한 음식이라도 꼭 예쁜 그릇에 옮겨 담아서 먹자.

이 두 가지이다. 나 또한 요리를 못하던 시절이 있었다. 서툴러서 오래 걸리고, 오래 걸리니까 귀찮아서 안 하게 되고, 그러다 보니 배달 음식이나 간단한 조리 식품으로 한 끼를 때우게 됐다. 식사 시간은 분명 즐거운 시간인데, 왠지 처량하고 서러운 느낌이 들 때가 있었다. 플라스틱 패키지가 가득 널브러진 식탁도 너무 처량해 보였다.

그때부터 라면을 끓여 먹더라도 예쁘게 상을 차렸다. 간단한 조리를 하더라도 최대한 예쁘게 플레이팅을 하려고 노력했다. 테이블 매트도 깔고 예쁘게 상을 차리고 나니, 혼자 먹는 식사가 전혀 초라해 보이지 않는다. 오히려 나를 위한 선물처럼 느껴진다.

그리고 시간이 오래 걸리더라도, 먹고 싶은 요리가 있으면 레시피를 따라 만들어 본다. 만드는 과정에서 내가 좋아하는 맵기로 조절하고, 내가 좋아하는 재료를 추가하여 내 취향이 가득 담긴 요리를 만드는 것이다. 꼬박 4시간이 걸린 요리도, 스스로를 위해 만든 스페셜 메뉴라고 생각하면 하나도 힘들지 않다.

그 외에도,

- 열심히 피부 관리를 해 주는 것
- 향기로운 샤워 제품을 사용하는 것
- 집안 곳곳에 향기로운 디퓨저나 향초를 구비해 두는 것
- 건강 관리에 시간과 비용을 투자하는 것(예를 들어 헬스 하기, PT 받기, 영양제 구입하기 등)
- 오전 시간에 여유롭게 아침을 먹으며 커피를 마시는 것
- 탄천 둘레길의 빼곡한 숲길에서 새벽 공기를 맡으며 자전거를 타는 것
- 육체적인 건강만큼이나 정신 건강을 확인하는 것

- 오늘의 기분을 셀프 체크하는 것
- 잘한 일이 있다면 충분히 칭찬해 주는 것

이렇게 다양한 방법으로 셀프 케어를 하고 있다. 나에 대해 알아 가고 나와 더욱 친해지려는 나만의 노력이다. 나에게 귀 기울이고, 나를 잘 관리하는 것. 그것이 내가 나를 지키고 사랑하는 방법이다.

# 절대 할 수 없다고 생각되는 것

'에이 내가 무슨…' 하고 고개를 떨구게 되는 일들이 있다. 내가 넘보기엔 너무 전문적이고 어려워서 절대로 넘을 수 없는 벽처럼 느껴지는 일들. 나에게 '유튜버'라는 직업이 그랬다. 유튜브를 처음 시작할 때만 해도 '누가 내 일상을 궁금해하겠어. 에이, 내가 무슨…' 이런 마음에 하고 싶은 마음을 꾹꾹 눌러 담고 참았었다. 하고 싶은 마음은 컸지만, 쉽게 용기가 나지 않아 시작을 하기까지 오래 망설였었다.

특히 나는 원래 SNS를 즐겨 하는 사람도 아니었다. 사람들의 인스타그램 피드에는 다들 약속이나 한 것처럼 자랑거리들이 가득했다. 새로 산 차, 새로 산 가방, 예쁜 옷을 차려입고 호텔 브런치를 즐기는 모습 등. 대학원에 다니던 시절에 그런 게시글을 보면, 어쩔 수 없이 나의 처지와 비교하게 되었다. 자랑거리 하나 없는 내 일상이 씁쓸하고 초라하게 느껴졌다. 나는 그저 예쁘게 차려 먹은 저녁 밥상을 공유하고, 친구들과 안부를 주고받기 위해 만든 계정이었는데 말이다. 사진 한 장을 올리기가 참 많이 망설여졌다.

그렇지만, 오래전부터 사진 찍는 것을 좋아해서 사진첩에 일상 사진들이 가득했다. 핸드폰 용량이 부족해서 사진을 추리다가, 문득 '블로그에 사진을 올려 보자.'라는 생각이 들었다. 안전한 메모리 카드 역할도 할 겸, 일상을 기록하는 용도로 블로그를 시작했다. 꾸며지지 않은 날 것 그대로의 사진을 올리고, 경험한 것들에 대한 '찐' 정보나 짧고 소소한 일상 글을 기록했다. 그러다 보니 아무도 모르게 혼자 시작했던 블로그에 점점 찾아오는 이웃이 늘어났고, 내 글을 좋아하는 사람들이 생겨났다. 내가 적은 글들이 공감을 받고 응원 댓글도 받을 때면 엄청나게 뿌듯했다.

가끔 잠이 오지 않을 때마다 내가 적었던 블로그의 글들을 다시 읽어 보고는 한다. 글을 읽을 때면 그 당시 내가 느꼈던 세세한 감정들이 생각나 몽글몽글한 기분이 들기도 하고, 패기 넘치던 옛날 모습을 떠올리며 현재의 나를 반성하기도 한다. 이렇듯, 나의 과거 기록을 언제든 쉽게 꺼내 볼 수 있다는 점이 블로그의 가장 큰 장점이다.

그러다 문득, '블로그에 글을 쓰는 것처럼 영상을 찍어서 기록하면 어떨까?'라는 생각을 하게 됐다. 그러면 블로그보다 더욱 생생하게 나를 기록할 수 있을 것 같았다. '유튜버'라는 직업으로 접근하면 굉장히 어려워 보이지만, 나를 기록하는 영상이라고 생각하니 재미있고 편하게 할 수 있을 것 같았다.

그때부터 사진을 찍듯이 내가 먹은 것, 내가 입은 옷, 그날의 나를 하루하루 기록했다. 영상으로 나의 일상을 기록하다 보면, 찰나의 사진 한 장에서는 느낄 수 없는 계절의 소리, 흘러나오는 노래, 그날의 기분까지 선명히 담긴다. 그래서 그날의 추억을 더욱 농도 짙게 담을 수 있다.

그렇게 시작해서 나는 2019년 2월부터 매주 한두 개의 영상을 올려 왔다. 하루하루를 기록하고 영상으로 제작하는 것은 나에게는 아주 재미있는 취미이자 놀이였다. 물론 첫 영상을 올릴 때는 수십 번 고민을 했다. '누구나 볼 수 있는' 플랫폼이지만, 정말로 '누군가 볼까 봐' 부끄럽기도 했다. 하지만 심사숙고 끝에 만든 첫 영상을 올린 다음 날, 조회수가 10회도 되지 않는 것을 보고 '생각보다 사람들은 나에게 관심이 없구나.'라는 큰 깨달음을 얻었다.

그 이후로는 편안한 마음을 가지고 블로그에 글을 적듯, 일상 브이로그 영상들을 업로드했다. 가끔 댓글을 달아 주는 분들과 안부를 나누고 정보를 공유하는 것도 재미있었다. 다양한 내용의 영상을 업로드하고 싶은 마음에, 안 가본 곳, 새로운 곳에 다녀

보고 새로운 요리도 도전해 보았다. 내 일상이 유튜브를 시작하기 전보다 훨씬 다채롭고 활기차졌다.

꾸준히 영상을 업로드하자, 내 채널을 찾아 주는 구독자분들이 늘어났다. 1만 명, 3만 명, 5만 명… 어안이 벙벙할 정도로 빠르게 채널이 성장했다. 그리고 현재는 10만 명의 구독자를 보유한 채널이 되었다. 꾸준히 한 주 한 주 영상을 올리다 보니, 어느새 '내가 어떻게 해!'라고 생각했던 '유튜버'라는 직업을 갖게 된 것이다.

유튜버라는 직업은 특별한 재능이 있어야 시작할 수 있다고 생각했었는데, 막상 해 보니 그렇지 않았다. 나는 절대 남들보다 내가 특별한 능력을 갖추었다고 생각하지 않는다. 유튜브 채널을 운영하면서 매번 느끼는 것은, 나에게 익숙하고 당연한 것들이 누군가에게는 새로운 경험일 수 있다는 것이다.

봉준호 감독님이 영화 〈기생충〉으로 아카데미상을 받았을 때, 마틴 스코세이지 감독의 말을 인용한

수상 소감을 했다.

"가장 개인적인 것이 가장 창의적인 것이다."

나는 이 말에 적극적으로 동의한다. 유튜브 채널을 운영하면서 가장 '나'다운 채널이 세상에서 가장 특별하고 유일할 수도 있겠다는 생각을 가지게 되었다. 이렇게 생각하고 나니, 유행하는 것을 억지로 따라 하거나 내 모습을 꾸미지 않고, 솔직하게 담는 것이 쉬워졌다.

요즘 유튜브에 올라오는 영상들은 정말 다양한 주제를 담고 있다. 내가 아는 한 친구는 아무 말 없이 집 청소만 하는 한 시간짜리 영상을 단 한 부분도 건너뛰지 않고 끝까지 본다고 한다. 그리곤 영상 속 집이 깨끗해지는 것을 보면서 희열을 느낀다고 한다. 누군가는 실제로 본 적도 없는 남의 집 아이, 남의 집 반려견의 성장기를 보며 '랜선 이모', '랜선 견주'가 된다.

나는 가끔 다이어트를 할 때마다 먹방을 보며 대리 만족을 한다. 또, 타인의 가방 속이 괜히 궁금해서 가방과 가방 속 소지품을 소개하는 영상을 보기도 한다. 너무 당연해서 '굳이 말하지 않아도 되겠지?'라고 생각했던 것들이 누군가에게 꼭 필요한 정보가 되기도 한다. 유튜브는 이렇게 저마다의 이야기를 공유하는 공간일 뿐이라는 생각이 든다.

나는 절대로 할 수 없을 거라고 생각했던 유튜버라는 직업을 가지게 되면서, 어떠한 도전을 할 때도 망설이지 않고 도전해야겠다고 생각했다. 절대 넘을 수 없을 것 같던 벽의 높이는, 내 생각에 따라 높고 낮음이 변화할 수 있다. 그 벽은 내가 세운 벽이기 때문이다. 어렵다고 생각하는 만큼 한없이 높아질 수도 있고, 막상 도전해 보면 폴짝 뛰어넘을 수 있을 만큼 낮은 울타리일 수도 있다.

현재를 기준으로 미래를 생각하며 움직여 왔다면, 나는 퇴사도, 유튜브도, 모델 일도, 이 책의 출간도 해낼 수 없었을 것이다. 몇 년 전, 가장 높게 보였던 벽이 현재는 담장 수준으로 보인다. 앞으로 수없이 높은 벽들을 낮은 담장들로 만들어 가고 싶다.

# 변화의 과도기

얼마 전, 친구를 만나 이태원에서 커피를 한잔 마시기로 했던 날이다. 우리는 커피를 마신 후, 해밀턴 호텔 뒤편의 북적이는 거리를 걸었다. 너무 오랜만이라 잠시 잊고 있었던 이태원의 밤은 여전히 정열적이었다. 한껏 멋 부린 차림의 사람들과 한국이 맞나 싶어질 정도로 다양한 국적의 사람들이 거리에 가득했다. 코로나 사태 이전까지만 해도 나도 분명 저 속에서 어울려 즐기고 있었던 것 같은데, 지금은 보기만 해도 정신이 사나워졌다. 취해서 길바닥에 널브러진 사람들, 과격한 행동과 들뜬 음성, 시끄러운 음악 소리까지…

맨정신으로 보니, 모든 것이 위험해 보여서 빨리 그 거리를 벗어나고 싶었다. 도망치듯 거리를 빠져나와서 돌아오는 지하철에서 내내 생각했다. '나이가 들어서 취향이 바뀐 건가?', '그것도 아니면 오늘 내 컨디션이 별로인가?' 집에 들어선 순간 마음이 놓이고 모든 것이 편안했다.

내가 휴일을 어떻게 보내고 있는지 돌아보면, 내 성향을 쉽게 파악할 수 있다. 이십 대 중반까지의 나는 휴일에 자극적인 일탈을 즐겼다. 시끄러운 클럽에 가거나, 해외여행을 떠나거나, 사치스러운 쇼핑을 했었다. 주말이면 화려한 옷을 입고 진한 화장을 했고, 그렇게 꾸민 내 모습이 좋았다. 산책을 하거나 편안하게 쉬는 여행보다는 화려하고 유명한 관광지에 가는 것이 좋았고, 한 달에 한 번 큰 소비를 하는 것이 열심히 일한 나를 위한 보상이라고 생각했다.

하지만 한 번 경험해 본 자극들은 더 이상 내게 새롭지 않았고, 일탈처럼 느껴지지 않았다. 점점 노는 것에 흥미를 잃어가고 있을 때쯤 코로나바이러스가

퍼지기 시작했다. 곧 대유행으로 번지면서 반강제적으로 외출하지 못하게 되었다. 그 무렵 나는 퇴사를 하고 프리랜서 디자이너로 일하면서, 집에서 혼자 보내는 시간이 점점 많아지게 되었다.

나는 원래 일주일에 7번은 외출해야 했던 슈퍼 '바깥순이'였다. 그래서 집 안에서 시간을 보내는 것이 더욱 낯설고 답답했다. 외식을 할 수 없어서 혼자 집에서 요리를 해 먹고, 카페에 갈 수 없어서 커피를 직접 내려서 마시거나 차를 우려 마셨다. 자연스레 시끄러운 환경에서 멀어지고 혼자만의 시간을 많이 가지다 보니, 머릿속 생각도 정리가 되고 차분한 감정을 온종일 유지할 수 있었다.

처음엔 어색했던 '집순이' 생활도 이제는 점점 익숙해져 간다. 생각보다 집 안에서 할 일도 상당히 많다. 네일 아트도 하고, 비즈 공예도 하고, 집 청소도 하고, 넷플릭스에 올라오는 드라마도 정주행한다. 생각보다 길어지는 코로나 사태로 인해 내 취향이 자연스레 변하고 있다.

잠깐의 휴식 시간이 생기면 친구들을 만나거나 대부분의 시간을 밖에서 보내던 옛날과 다르게, 집에서 잔잔한 노래를 들으며 티백을 우려 마시는 게 너무 좋다. 늘 요동치고 오르락내리락하던 기분이 아주 오래도록 편안한 상태를 유지하기도 했다. 이 편안함을 조금 더 오래, 조금 더 깊게 즐기고 싶어졌다.

우연히 서점에 들러 책을 구경하다가 『오후 4시, 홍차에 빠지다』라는 책을 읽게 되었다. 책에는 저자가 홍차를 마시며 즐기는 여유로운 시간이 담겨 있었다. 홍차를 마시며 생긴 에피소드, 어린 딸과 함께 즐기는 티타임에 대한 이야기, 홍차를 활용한 레시피들, 각국의 홍차 소개들이 쓰여 있었는데 읽는 내내 마음이 편안했다. 나도 홍차 한 잔을 제대로 마시고 싶다는 생각이 들었다.

그래서 책에서 소개하는 홍차 관련 장비들을 모두 구매했다. 찻잎을 거르는 스트레이너, 찻잎을 뜨는 티 메이저, 예쁜 찻잔들, 티타임에 필요한 모래시계

등등. 무언가를 먹고 마시는 행위도 제대로 공부하고 즐긴다면, 충분히 취미가 된다는 것을 느꼈다. 책을 읽는 내내 가장 궁금했던 '마리아쥬 프레르'의 잎차들을 해외 직구로 주문했다. 배송을 기다리는 내내 설레는 마음이 들었다. 생각해 보니 성인이 되고 나서 가지는 첫 취미인 듯했다.

예쁜 틴 케이스에 담긴 홍차 잎을 티 메이저로 한 스푼 덜어서 찻주전자에 담는다. 팔팔 끓는 뜨거운 물을 붓고 3분짜리 모래시계를 뒤집는다. 적막함을 없애 줄 잔잔한 노래를 튼다. 평소에는 잘 듣지 않는 장르의 노래지만, 티타임과는 아주 잘 어울린다. 3분짜리 모래시계가 다 쏟아지는 것을 멍하게 바라본다. 찻주전자에 담긴 홍차가 점점 붉고 진하게 우러난다. 찻잎을 거르고 뜨거운 물로 한 번 헹구어 낸 찻잔에 우려진 홍차를 따른다. 뜨거운 홍차가 적당히 식을 때까지 잠시 기다린다. 천천히 그리고 조심스럽게 한 모금 마신다. 입술이 닿기 전에 코끝에 향긋한 향이 먼저 닿는다. 약간 쌉싸름한 맛은 입 안을 상쾌하게 만들어 준다. 달콤한 디저트와 함께 즐기면 더할 나위 없이 좋은 티타임이 된다.

차 한 잔을 정성스레 우리고, 마시는 것에만 모든 에너지를 집중해 본다. 차를 마시고 있는 이 시간 자체가 마치 명상처럼 느껴진다. 오감을 총동원하다 보면 평화로움이 찾아온다. 이런 잔잔함이 너무 즐겁다. 즐거움이라는 것은 꼭 바깥에서 누군가와 함께 찾는 것이 아니었다.

그때부터 본격적으로 홍차에 빠지기 시작했다. 마음이 너무 들뜨는 날에는 차 한잔을 마시며 진정하려 하고, 아무리 바쁜 일상을 보내는 날이라도 꼭 30분 정도는 시간을 내어 티타임을 가진다. 차 마시는 것을 즐기게 된 이후로 나의 일상도 점점 달라졌다. 시끄러운 핫 플레이스보다는 조용하고 고즈넉한 찻집이 좋고, 음식도 자극적인 맛보다는 삼삼한 가정식이 좋다. 시끄러운 힙합 노래보다는 감성적인 발라드가 좋고, 드라마나 영화를 보는 취향도 바뀌었다.

그뿐 아니라, 휴일을 보내는 방법도 달라졌다. 누

군가와 함께 있지 않아도 혼자서 보내는 시간이 재미있고, 책을 읽고 관심 있는 분야를 공부하는 시간도 즐겁다. 입는 옷도, 화장법도 자연스럽고 편안한 것이 좋아지고, 그에 따라 자극적인 소비 또한 하지 않게 되었다. 물 흐르듯 자연스러운 변화였다. 눈치채지 못하다가 얼마 전 오랜만에 이태원을 방문했을 때, 내 생각과 취향이 아주 많이 바뀌게 되었다는 것을 느꼈다. 이뿐 아니라 취향의 과도기를 경험하는 순간들이 종종 있었다.

나는 과거에 꽃을 좋아하지 않았다. 꽃이 예쁜 것은 한순간이고, 금방 시들어 버리는 것이 싫었다. 꽃다발을 받으면 '아, 이거 시들면 어떡하지?'라는 생각이 가장 먼저 들 정도였다. 하지만 요즘은 꽃다발을 받을 때 정말 기분이 좋다. 모양도 색상도 제각각인 자연물이 너무 아름답다. 지금 이 순간이 가장 예쁜 모습이라는 생각이 들어 사진을 백 장 정도 찍어서 사진첩에 보관한다. 꽃을 가장 싫어했던 이유가, 가장 좋아하는 이유로 바뀌었다.

또 하나 생각이 바뀐 것 중에는 냉면이 있다. 나는 어릴 적에 냉면을 먹다가 목에 걸려서 죽을 뻔한 이후로 '나는 냉면 절대 안 먹어! 못 먹어!'라며 피했었다. 하지만 지금 내가 제일 좋아하는 음식은 평양냉면이다.

취향은 어느 순간 동전이 뒤집어지듯 완전히 바뀔 수 있는 것이다. 나는 어릴 때부터 취향이 굉장히 확고한 사람이었다. 하지만 나의 취향이 완전히 뒤바뀌고 나서는, 그동안 내가 취향이 확고했던 게 아니라 고집을 부렸던 것이라는 생각이 들었다. 내가 해보지 못한 것에 대한 거부감 때문에 그것을 싫어한다고 단정 짓고, 과거 한 번의 안 좋은 경험으로 인해 그것을 다시는 하지 않겠다며 부정해 왔다.

이것은 취향을 고수하는 과정이 아니라, 다양한 것을 경험하지 못하게 막을 뿐이었다. 과거의 경험만으로 어떤 것을 단정 짓는 것이 바보 같다는 결론을 내렸다. 취향은 최대한 다양한 경험을 해 본 이후에 찾아도 늦지 않다.

이렇게 생각이 변화하고 나서 평소에 절대로 하지 않는 것을 일부러 시도해 보았다. 예를 들어, 밥을 먹을 때 경제 방송이나 지식 채널을 켜 두었다. 처음에는 이해가 되지 않아서 지루하기만 했다. 하지만 몇 번을 참고 반복해서 듣다 보니 빠져서 듣게 되었고, 새롭게 궁금한 주제가 생기기도 했다. 이제는 경제나 상식 부문 역시 나의 관심사가 되었다.

맨날 가던 식당에서 항상 시키던 메뉴가 아닌 다른 메뉴를 주문해 보았다. 내가 항상 먹던 메뉴는 간이 싱거워서 '이 식당은 전체적으로 간을 싱겁게 하는구나.'라고 판단했는데, 새로 주문해 본 메뉴는 또 그렇지 않았다. 그럴 때면 내가 섣부르게 판단했다는 것을 깨닫고 또 반성하기도 했다.

다양한 경험이 쌓일수록, 내 머릿속에 자리 잡혀 있던 공식들이 깨지는 것을 자주 느낀다. 지금은 해 보지 않았던 것들을 시도하는 것에 크게 거부감을 느끼지 않는다. 오히려 처음 해 보는 것은 다 설레고 재미있게 느껴진다. 시간이 지날수록 좋아하는 것들이 더욱 다양해지고 취미와 관심사도 점점 늘어간다. 덕분에 다양한 사람과 어울릴 수 있고, 다양한 성향의 사람을 어려움 없이 이해할 수 있게 되었다.

이런 깨달음으로 타인을 대하는 태도 또한 많이 달라졌다. 이전에는 누군가가 나와는 다른 의견을 이야기하면, 부정을 하거나 반박을 할 때가 많았다. "나는 그렇게 생각하지 않아, 왜냐하면…."이라고 말하면서, 내가 했던 적은 경험을 바탕으로 반론을 했다. 지금 생각해 보면 굉장히 어리석은 대화 방식이었다. 물론 현재는 그렇게 행동하지 않는다. "네 입장은 그럴 수 있겠다. 그랬구나."라며 상대방을 이해하고 존중하려 한다.

나는 이제 어떤 것을 쉽게 단정하지 않으려 한다. 새로운 것을 언제든지 받아들일 수 있다. 그리고 평생 이런 자세로 살아갈 것이다. '절대', '무조건'과 같이 부정적 의미가 가득 담긴 단어로, 무언가의 한계를 정하지 않을 것이다.

# 미니멀리스트

이십 대 후반에 접어들면서 경제 공부에 관심을 갖게 되었다. 경제 채널에서는 대부분 투자에 관련된 이야기를 많이 다루는데, 나는 투자에 대한 지식이 없었을 뿐 아니라, 투자금도 없었다. 심지어 그 당시엔 내가 한 달에 얼마를 벌고 있는지, 또 얼마를 쓰고 있는지조차 모르고 살 때였다.

그러다가 가계부 앱을 깔고 지난 한 달간의 지출과 수입을 모두 기록해 보았다. 나는 내가 생각했던 것보다도 더 많은 소비를 했고, 버는 돈에 비해 심각하게 적은 저축을 하고 있었다. 소비를 많이 하는 것도 문제였지만, 그보다 더 큰 문제는 아무 생각 없이 무의미한 곳에 소비를 하고 있다는 것이었다. 예를 들어 과도한 쇼핑 비용, 술값, 택시비 등이 있었다. 이렇게는 안 되겠다는 생각이 들어서 앞으로는 쓸데없는 지출을 줄이고, 돈을 모아 보기로 결심했다.

그 무렵 소비에 관련된 영상을 많이 찾아보다가 EBS의 〈다큐프라임 - 자본주의 2부. 소비는 감정이다〉라는 제목의 다큐멘터리를 보게 되었다. 영상에서는 '소비는 불안에서부터 시작하는 것'이라고 설명했다. 광고 마케팅은 24시간 내내 여러 가지 방법으로 오감의 말초 신경 하나하나를 자극해 소비자가 그 물건에 반응하게 하고, 무의식적으로 그 물건이 사고 싶다는 생각을 하게 만든다는 것이다. 그리고 소비라는 것은 95퍼센트 이상의 무의식이 결정하고, 나머지 5퍼센트 의식이 합리화를 하는 과정이라고 한다.

영상의 내용 중, 과소비 지수를 계산하는 수식이 있어서 내 월급과 지출액을 대입해 보았다. 그 결과,

나의 소비 패턴은 과소비를 넘어서 중독 소비에 가까웠다. 사람들이 소비를 하는 이유는 크게 네 가지로 나뉜다고 한다.

1. 물건이 없어서
2. 망가져서
3. 더 좋아 보여서
4. 그냥

그리고 중독 소비를 하는 사람들은 3번과 4번의 이유로 소비를 한다고 한다. 완전히 나의 이야기였다.

이외에도 미니멀리즘에 관련된 다큐멘터리를 한 편 보았다. 미국 다큐멘터리 〈미니멀리즘〉은 두 명의 남자가 출연하여 자신들의 '미니멀리스트 라이프'를 공유한다. 그들이 사는 집에는 사람이 사는 집인지 의심스러울 정도로 짐이 없다. 화장실엔 머리와 몸을 동시에 씻을 수 있는 세척 제품 하나가 덩그러니 놓여 있고, 옷장엔 계절별 옷이 한 벌씩밖에 없다. 며칠이 걸리는 세미나를 위해 필요한 것을 챙기는데도 짐이 단출했다. 여벌 옷 하나, 갈아입을 속옷과 노트북이 전부였다.

'내가 만약 그 세미나를 간다면?'이라고 상상해 보았다. 벌써 챙겨야 할 것들이 머릿속을 가득 채운다. 가져가지 않으면 불안한 것까지 다 넣다 보니 이미 여행 캐리어 가방 하나가 가득 차고도 넘친다.

소비라는 것은, 혹은 소유하는 것은 불안에서 온다는 말에 적극적으로 동의한다. 나 또한 이런 경험을 여러 번 한 적이 있다. 내가 물건을 살 때를 돌아보면, 필요해서 사는 경우보다 세일 기간을 놓치고 싶지 않거나 지금 당장 사지 않으면 물건이 품절될까 봐 살 때가 더 많았다. 그것도 아니면 나의 부족한 점이나 공허함을 채우기 위해 소비를 하기도 했다. 이러한 소비가 반복되다 보니 원하는 것을 가지게 되어도 만족감이 들지 않았다.

다큐멘터리 〈미니멀리즘〉에서는 소비를 굉장히 부정적으로 다루고 있다. 소비는 개인적인 문제를 넘어서 인류 전체에 악영향을 끼친다고 말한다. 소비자들에게 소비를 부추기는 과정에서 끊임없이 많은 자원이 낭비되고, 이건 곧 환경 문제로 이어질 수 있다는 것이다.

이전까지 소비를 본인의 만족도라는 측면에서만 놓고 보았을 땐, 사실 결심했던 마음이 예쁘고 좋은 물건 앞에 와르르 무너지는 경우가 많았다. 하지만 환경적 측면에서 들여다보니, 불필요한 소비를 줄이는 것은 선택 사항이 아니라 필수라고 느껴졌다. 과소비는 단순히 금전적인 문제를 넘어서, 환경을 빠르게 오염시킬 수 있다는 것을 깨닫게 된 것이다. 그래서 어느 때보다 더욱 굳건한 결심을 할 수 있게 되었다. 소비를 줄이자! 나는 소비를 줄이기 위해, 무의식의 흐름을 바꾸기 위해, 합리화하는 습관을 없애기 위해 노력했다.

먼저, 즐겨 보던 콘텐츠를 점검했다. 그중에서 소비를 긍정적으로 다루는 콘텐츠들을 모두 끊었다. 매주 명품 가방을 언박싱하는 유튜브 채널도 더 이상 보지 않았고, 시즌 오프 세일을 알리는 브랜드 광고 메일들도 삭제했다. 그 외에, 미용에만 초점이 맞춰진 콘텐츠들 또한 멀리하기 시작했다.

　가장 크게는 유행에 따라 너무 빨리 바뀌는 '패스트 패션' 브랜드를 더 이상 입지 않기로 했다. 과거에 나는 쇼핑몰에 가면 홀린 듯이 패스트 패션 브랜드 매장을 찾았다. 살 것이 없어도 옷을 입어 보고, 한 번 입고 버린다는 생각으로 몇 벌씩 구매했다. 패스트 패션계는 봄, 여름, 가을, 겨울 네 시즌을 더 잘게 쪼개어 일주일마다 유행을 바꾸고, 소비자가 그것을 따라가게 만들어 소비를 부추긴다. 불과 몇 주 전에 매장에 들러서 살까 말까 고민했던 옷을 다시 가서 찾으면 이미 사라지고 없을 정도로 회전율이 높다. 다음에 오면 없을 수도 있다는 심리 때문에 나또한 충동적인 소비를 많이 하곤 했다. 소비를 하던 당시에는, 제일 유행하는 아이템들을 저렴하게 구매할 수 있다는 점에서 그 브랜드들이 착한 브랜드처럼 느껴지고 고마운 마음이 들 때도 있었다.

하지만 패스트 패션 브랜드의 옷은 박음질이 허술하고 원단의 질이 떨어져, 한두 번 입고 세탁하면 옷이 망가져 버리는 경우가 많았다. 그러다 보니 다음 해에는 그 옷을 못 입게 되어서 또다시 입을 옷을 사야만 했다. 아무리 옷을 많이 사도 옷장에는 입을 옷이 없는, 악순환이 반복되었다. 매년 비슷한 아이템을 사고 있으니, 낭비를 하고 있다는 생각이 불현듯 들었다. 그래서 이제는 패스트 패션 브랜드를 이용하지 않는 것은 물론이고, 유행하는 옷을 무작정 따라 사거나, 최소 5년 이상 입을 수 없는 질이 낮은 옷을 소비하지 않는다.

내가 패스트 패션 브랜드의 옷을 멀리하게 된 또 다른 이유는, 수많은 패스트 패션 브랜드의 재고가 심각한 환경 파괴를 야기한다는 사실 때문이다. 큰 매장을 빼곡히 채우던 옷들이 일주일이면 완전히 바뀌어 있는 것을 보며 그 옷들이 다 어디로 간 것일까 궁금하긴 했었다. 그러다 그 궁금증을 해결했다. 유튜브에 '패스트 패션, 환경 오염'을 검색하면 그 옷들이 어디로 간 것인지 쉽게 알아낼 수 있다. 재고를 처리하는 과정에서 생기는 환경 문제도 심각하지만, 수많은 옷을 생산하는 과정에서도 자원이 심각하게 낭비되거나 오염되고 있었다.

　최근 이사를 하면서 짐을 줄여 보기로 결심했다. 정말 많은 물건을 버리기도 하고 헐값에 팔기도 했다. 조금 아쉬움이 남더라도 자주 손이 가지 않는 물건들은 다 처분했다. 그 당시엔 아쉬워서 상자에 담았다 빼기를 반복했는데, 지금은 어떤 물건인지 기억도 나지 않고, 그 물건 없이도 너무나 잘 살고 있다. 나에게 더 이상 필요 없고, 가치가 없어진 물건들을 기쁜 마음으로 사 가시는 분들을 보면서 반성하는 마음을 가지기도 했다. 팔지 못한 옷들은 100리터짜리 대형 봉투 5개를 가득 채워서 버렸다. 저 옷들을 사기 위해 정말 많은 돈을 소비했을 텐데, 결국 이렇게 버려질 것들이었다고 생각하니 정말 아깝고, 소비에 대한 경각심이 들었다.

　그렇게 말도 안 되게 많은 물건을 버리고 나니, 내 생활 공간이 훨씬 넓고 쾌적해졌다. 지금은 내가 어떤 물건을 소유하고 있는지 쉽게 파악이 되고, 물건을 더욱 아끼며 사용할 수 있게 되었다. 물건을 잔뜩 가지고 있었을 때보다 오히려 삶의 질이 더 높아진 기분이다.

소비를 줄이기 위해 했던 노력 덕분에 자연스레 가치관이 바뀌게 되었다. 물건을 사는 것보다 돈을 모으고, 가지고 있는 물건을 아껴서 사용할 때 더 기분이 좋고 뿌듯하다. 이제는 물건을 사는 데 사용하는 소비가 정말 많이 줄었다. 그럼에도 불구하고, 나는 여전히 '미니멀리스트'는 아니다. 미니멀리즘을 지향하며 노력하는 사람이고, 불필요한 소비를 경계하며 살아갈 뿐이다.

나의 직업적 특성 때문에 이런 가치관이 흔들릴 때도 많지만, 나만의 기준을 세우고 변화하기 위해 노력 중이다.

먼저 브랜드를 운영하는 대표의 입장에서는,
첫 번째, 다양한 제품을 많이 생산하기보다는 필

요로 하는 고객에게 필요한 만큼의 제품만 판매할 수 있도록 생산한다. 그리하여 재고를 최소화하고 버려지는 옷이 없도록 한다.

두 번째, 비닐 포장재를 사용하지 않고, 종이 에어 캡과 더스트 백을 사용한다.

세 번째, 불필요한 홍보 비용과 생산 비용을 줄여서 제품의 가격을 낮추어 판매한다.

네 번째, 유행하는 것을 따라가지 않고 좋은 소재를 사용해 지속 가능한 제품만을 생산한다.

인플루언서와 유튜버의 입장에서는,

첫 번째, 까다로운 기준으로 친환경적인 제품과 브랜드를 선택해 협업한다.

두 번째, 구매한 물품들을 소개하고 품평하는 '쇼핑 하울', '언박싱' 등 소비 욕구를 불러오는 콘텐츠 제작을 지양한다. 물질적 소비보다는 경험하는 것에 소비하고 그 경험을 토대로 다양한 콘텐츠를 만든다.

세 번째, 일회용품 사용과 배달 음식을 최대한 줄이고 환경을 생각하는 건강한 일상을 담아, 보는 이들에게 좋은 영향을 끼친다.

물론 브랜드를 운영하는 대표로서, 내 일상을 나눠야 하는 유튜버로서 쉬운 일만은 아니다. 그렇지만, 내가 할 수 있는 선에서 최선을 다하고 싶다. 그것이 모두를 위해서도 좋지만 결국은 나 자신에게도 좋은 결과를 가져다줄 것이라고 믿기 때문이다.

# 서울살이

　서울에 살면서 비싼 월세를 감당하는 게 억울할 때가 종종 있다. 머무는 것을 대가로 지급하는 금액이지만, 한 칸짜리 방이 해도 해도 너무 비싸지 않은가. 그럴 때면 늘 서울이 고향인 사람들이 부러웠다. 월세 내는 날마다 끙끙 앓지 않아도 되고, 부모님이 차려 주는 따뜻한 밥을 먹으며 살 수 있고, 내 고향 말투를 버리지 않아도 되니깐 말이다.

　처음 서울로 올라온 날이 아직도 생생히 기억난다. 나와 함께 서울에 온 엄마가 고향인 대구로 다시 돌아가는 길을 배웅해 주기 위해 서울역에 갔다가 혼자 집으로 돌아왔다. 길을 잃지 않으려고 애를 쓴 탓일까, 수많은 인파 속에서 기운을 뺏긴 것일까? 집에 돌아와서 기절하듯 잠이 들었다. 그리고 눈을 떠 보니 방이 캄캄해져 있었다. 잠시 뒤, 문밖 복도에서 들리는 사람들의 말소리가 너무 가깝게 느껴져 무서웠다. 이 문을 열고 나가면 집 안 거실이 아니라 건물 복도라는 것도 믿기지 않았다. 마치 세상에 혼자 남겨진 것 같은 느낌까지 들었다. 외로운 마음에 불 꺼진 방에서 엉엉 울었었다.

이 일을 시작으로 자취를 하면서 서러운 일이 참 많았다. 빨래도, 청소도, 요리도 직접 하는 것이 처음이라 기본적인 지식이 없을 때 일이었다. 하얀 빨래들 사이에 껴 있던 줄무늬 티셔츠 한 장 때문에 세탁기 속 모든 빨래가 거뭇거뭇하게 물들어 버렸다. 그 안에는 아끼는 옷도 많았고, 당장 주말에 입으려 했던 옷까지 모두 망가져서 너무 속상했다. 서러운 마음에 주저앉아 빨래를 내동댕이치며 울었다. 자취 인생 중 '가장 서러웠던 사건 BEST 5' 안에 꼽히는 일이다.

처음 자취를 시작했을 땐 당연히 요리에도 재능이 없었다. 밥을 할 줄 모르는 것은 고사하고, 라면 물도 못 맞출 정도로 요리를 못했다. 간을 맞추다가 3인분이 되어 버리는 볶음밥, 전자레인지 안에서 '펑' 하고 폭발해 버린 계란찜, 주방만 들어가면 부서지고 깨지고의 반복이었다. 그럴 때면 또 눈물이 찔끔 났다.

가끔 대구에 갈 때면 부모님 얼굴을 보자마자 울컥하기도 하고, 서울로 돌아가는 기차에서 이 현실이 꿈이었으면 좋겠다는 생각을 셀 수 없이 많이 했다. 대구에서 행복한 시간을 보내다가 서울로 돌아갈 때면 가족들과 생이별을 하는 기분이 들고, '내가 무슨 부귀영화를 누리려고 서울에서 살고 있나.'라는 생각마저 들었다.

시간이 흘러 지금은 어느덧 자취 7년 차가 되었다. 빨래는 물론이고 요리도 곧잘 한다. 혼자 못도 잘 박고, 가구 조립도 잘하고, 무거운 것도 척척 잘 옮긴다. 현재는 부모님과 살 때에 비해서 생존 능력이 50점 이상 올라갔다고 생각한다.

　종종 대구에 갔다가 서울 집에 돌아오면, 나도 모르게 "아, 역시 집이 최고야."라는 말을 내뱉는다. 이제는 혼자 사는 서울의 집이 더 내 집 같고 편안하다. 낯설었던 서울의 일상들이 이제는 아주 익숙해졌다. 이제는 대구보다 서울에 지인이 더 많이 있어서 외롭다는 생각도 전혀 들지 않는다. 건물 숲으로 가득한 도심의 풍경을 마주할 때면, 예쁘게 반짝이는 야경이, 서울이 참 좋다.

　불안하고 서러웠던 지난날과는 다르게, 현재는 안정감을 느끼며 살고 있으며 이곳에서의 삶도 즐겁다. 서울 사람들 속에서 자연스럽게 섞여서 대화하는 것. 서울 토박이들보다 내가 더 잘 아는 동네가 있다는 것. 내가 말하기 전까지 내 고향을 눈치채지 못하는 것. 점점 익숙하게 서울에 자리를 잡아 가는 것도, 스스로가 참 대견하고 뿌듯하다.

　이 책을 읽고 있는 사람 중에도, 홀로 상경해 외로

움을 경험하고 있는 사람이 꽤 많을 것이다. 상경하
여 외로움을 겪어 본 사람으로서 많은 분께 위로와
응원의 메시지를 보내고 싶다.

'상경러들 모두 파이팅!'

## Part 2

오늘도 그리고

내일도 꿈꾼다

# 혼자 떠난 강릉 여행

문득 바닷가에 가고 싶다는 생각이 들었다. 그리고 당장 다음 날 떠나는 버스표 한 장을 예매했다. 내 주변 친구들은 전부 직장인이라 시간을 맞추기도 애매하고, 한 번도 용기 내지 못했던 혼자만의 여행에 도전해 보고 싶었다. 충동적으로 버스 티켓을 끊고 다음 날 새벽, 강릉행 버스에 올라탔다. 평일이고 비수기라 그런지 버스 안에는 나를 포함한 세 명의 승객밖에 없었다. 그렇게 태어나 처음으로 조용한 여행길이 시작되었다.

강릉에 도착하자마자 바닷가 앞에 있는 식당으로 갔다. 나는 바닷가가 내려다보이는 창가 자리에 앉았다. 그리고 전복과 멍게가 추가된 '특'물회 한 접시를 주문했다. 푸짐한 한 상 차림이 살짝 민망하기도 했지만, 물회를 한 입 먹자마자 그런 생각이 다 사라졌다. 신선한 해산물이 가득 들어간 물회를 먹으니, 이곳이 강릉이라는 것이 실감이 났다.

핸드폰으로 다음에 갈 코스를 찾아보고, 음식 사진도 찍고 여유롭게 식사 시간을 즐겼다. 함께 먹는 이가 없으니 식사 속도를 맞출 필요도 없고, 맛있는 반찬을 반으로 쪼개어 먹지 않아도 됐다. 그 자체로 편안하고, 행복했다.

든든하게 배를 채운 뒤 바다를 구경했다. 바다는 언제 봐도 가슴이 뻥 뚫리는 기분이다. 특히 그날의 강릉 바다는 더욱 푸르렀다. 포카리 스웨트 음료가 떠오르는 청량한 코발트블루 색깔의 바다였다. 생각해 보니, 혼자서 모래사장을 걷는 것도 처음이었다.

마침 그날은 지금까지 내가 강릉에 갔을 때 중 가장 사람이 없는 날이었다. 반경 50미터에 아무도 없는 것을 발견하고, 이리저리 모래사장을 뛰어다니고 바닷바람을 만끽했다. 혼자라서 그런지 파도 소리도 더욱 크게 들리는 듯했다. 혼자 여행을 할 때 '인증 사진을 예쁘게 남기지 못할까 봐' 걱정하는 마음이 있었는데, 삼각대를 챙겨 오니 어디서든 충분히 인증 사진을 찍을 수 있었다. 오히려 눈치 보지 않고 마음에 들 때까지 사진을 찍을 수 있어서 좋았다.

추워지려 할 때쯤 따뜻한 커피 한 잔이 생각났다. 택시를 타고 명주동 카페 거리로 향했다. 명주동 카페 거리에는 오래된 가옥을 개조하여 만든 카페들과 소품 가게들이 있었다. 전체적으로 낮은 높이에 적당한 간격을 두고 떨어진 단독 주택 형태의 건물들, 그리고 깨끗하고 한적한 골목은 평화로움 그 자체였다.

오래된 목조 건물을 개조하여 만든 카페에 갔는데, 복층을 뚫어서 만든 높은 구조 덕에 탁 트인 느낌이 인상적이었다. 동시에 목조형 건물 특유의 아늑함도 느껴졌다. 계단을 오르내릴 때 나무 계단에서 삐걱삐걱 소리가 났는데, 이것마저도 카페의 분위기와 잘 어울려 좋았다. 내가 앉았던 자리는 등 뒤쪽 큰 창문에서 햇살이 비치는 자리였다. 햇살을 온몸으로 받으며 따뜻한 라테 한 잔을 마시니 금세 몸이 녹았다. 약간의 나른함도, 여유로움도 정말 좋았다.

카페를 나와서는 명주동 거리를 거닐며, 귀여운 소품 가게와 예쁜 물건이 가득한 편집숍을 구경했다. 누군가와 함께였다면 입 밖으로 내뱉었을 많은 표현을 속으로 삼키게 되었다. 오히려 말하지 않고 마음속으로 음미하니까 더 온전히 와 닿는 것 같은 기분이 들었다.

그날은 눈에 담기는 모든 물체에 '예쁜' 필터가 씐 것 같은 날이었다. 오래되어서 페인트가 벗겨진 두 가지 색의 기둥도, 한 층 위에서 바라본 각양각색의 주택 지붕도, 빨간색 건물 옆 노란 헌 옷 수거함도 다 예뻐 보였다. 눈으로만 보기 아쉬워 빠짐없이 사진으로 기록했다. 그러자 이 순간을 함께 하고 싶은 소중한 사람들이 떠올랐고, 찍은 사진을 공유하며 다음엔 꼭 같이 오자고 약속했다.

강릉에 오기 전, 내가 강릉 여행에서 가장 기대했던 장소가 있었다. 바로 다큐멘터리와 독립 영화를 상영해 주는 카페였다. 주택을 개조해 1층은 영화 관람 후 음료를 마실 수 있는 카페 공간으로, 2층 다락방은 상영관으로 이용하는 곳이었다. 2층의 작은 다락은 총 다섯 명의 관객을 수용할 수 있는 공간으로 푹신한 소파와 빔 프로젝터까지 준비되어 있어 영화를 보는 데에는 부족함이 없었다. 잔잔하지만 끝까지 몰입해서 본 독립 영화도, 영화 끝나고 나를 반겨 주던 사장님의 반려견 '와플이'도, 커피를 마시며 사장님과 나누었던 소소한 대화들도, 기대했던 것 이상으로 좋았다.

마지막으로 서울에 돌아가기 전, 혼자 수제 맥줏집을 찾았다. 혼술은 처음이라 살짝 긴장이 되었다. 하지만 이왕 강릉까지 온 김에 용기 내 보고 싶었다.

내가 방문한 곳은 실내에 양조장이 있을 정도로 규모가 큰 맥줏집이었고, 내부도 넓어서 모임 장소로 많이들 찾을 것 같은 곳이었다.

역시나 나의 예상대로 혼자 온 손님은 나뿐이었다. 그렇지만 기죽지 않고 맥주에 치즈 플래터까지 야무지게 주문했다. 헛웃음이 나올 정도로 양이 많았던 안주에 맥주 두 잔을 혼자서, 그것도 대낮부터 깔끔히 비우고 나왔다. 당시에는 살짝 쑥스럽고 민망했지만, 돌아와서 생각해 보니 여행 중 그 순간이 가장 기억에 남았다.

혼자서 한 여행은 그동안 했던 시끌벅적한 여행들보다도 더 오랫동안 여운으로 남았다. 그날 찍어 온 사진을 다시 들여다볼 때면 항상 미소를 짓게 된다. 날씨도, 그날의 여행 코스도, '혼자인 나'도 모두 완벽했다. 낯선 환경에서 아무도 신경 쓰지 않고 오로지 '나의 행복 찾기'에 집중하며 시간을 보냈다.

여행하는 동안 큰 소비를 한 것도 아니고, 특별한

이벤트도 없었다. 하지만 그즈음에 내가 한 어떤 소비보다도 더 큰 만족감을 주었다. 나는 앞으로도 혼자서 여행하는 시간을 종종 가져야겠다고 생각했다. 꼭 다른 도시나 먼 나라를 여행하지 않더라도, 내가 가 보지 못했던 장소를 혼자 방문해 보거나, 전시를 즐기는 것도 괜찮을 듯하다.

생각해 보면 우리는 너무나 많은 시간을 나 자신이 아닌 타인을 위해 살고 있다. 무엇을 할 때도 타인을 배려하고, 친구에게 맞추고, 가족을 신경 쓰느라 정작 나를 위해 보내는 시간은 매우 부족하다. 타인과 함께하는 시간 동안 온 에너지를 다 쏟아 내고, 집에 돌아와서는 축 늘어져 뒹굴뒹굴하거나, 핸드폰만 보며 휴일을 허비하는 날이 많았다. 하지만 강릉 여행을 통해, 혼자만의 시간을 '제대로' 보내는 것이 얼마나 행복한 일인지 알게 되었다.

그래서 앞으로는 혼자 보내는 시간에 전보다 더 정성을 쏟아 보기로 했다. 대단한 걸 하지 않더라도, 내가 좋아하는 것을 발견하고 최대한 그것을 즐기는 데에 초점을 맞추기로 했다. 그리고 이를 위해 나름대로 규칙도 세워 보았다.

첫 번째, 일주일에 한 번은 오롯이 나를 위한 시간을 가지자.

두 번째, 그날은 SNS도, 메시지도 신경 쓰지 않고 나에게만 집중하자.

세 번째, 그런 날 떠오르는 함께하고 싶은 사람에게는 평소에 잘하자.

# 효도

엄마가 일주일 동안 서울에 올라와 지낸 적이 있다. 이사를 끝내고 짐 정리와 집 청소를 도와주기 위해 올라오면서, 겸사겸사 서울 여행도 같이하기로 했다. 일주일을 어떻게 보내는 것이 가장 좋을까 고민했다. '잠실 롯데월드타워에 올라가 볼까?', '경복궁에 갈까?' 자꾸만 평소의 나도 잘 하지 않는 특별한 것, 특별한 곳들만 떠올랐다.

하지만 조금 더 생각을 해 보니 서울의 낯선 화려함을 보여 주기보다, 내가 느끼는 서울의 좋은 점을 알려 주고 싶었다. 음식도 유명하다는 맛집보다는 내가 요즘 즐겨 먹는 식단을 공유하고 싶었다. 그래서 엄마에게 직접 김치찌개를 끓여서 대접하기도 했다. 엄마가 만든 김치를 똑같이 넣고 끓이지만, 엄마와 나의 김치찌개 맛이 다른 것이 늘 신기했고 그래서 엄마에게 꼭 맛보여 주고 싶었기 때문이다. 내 김치찌개를 먹은 엄마가 본인의 김치찌개보다 더 맛있다고 극찬했다. 그렇게 엄마와 나는 서로의 김치찌개 레시피를 공유하며 도란도란 밥을 먹었다.

하루는 엄마와 함께 일주일간 먹을 식재료를 사기 위해 시장에 갔다. 엄마가 자두를 보더니 한 바구니 사자고 했다. 엄마는 나에게 자두를 정말 좋아한다고 말했다. 사실 나는 엄마가 자두를 좋아한다는 것을 그날 처음 알았다. 나는 원래 자두를 별로 좋아하지 않았다. 하지만 그 일주일간 자두 한 바구니를 함께 나누어 먹으면서 나도 엄마처럼 자두가 좋아졌다. 엄마가 가고 나서도 나는 시장에 가서 가끔 자두를 사 먹곤 했다.

엄마가 서울에 오면 꼭 같이하고 싶은 게 한 가지 있었다. 바로, 서울의 공공 자전거 '따릉이'를 타는 것이었다. 따릉이를 타고 달리는 한강이 얼마나 아름다운지, 얼마나 가슴이 뻥 뚫리는지 경험하게 해 주고 싶었다.

"자전거를 타자고?"

예상한 대로, 엄마는 당황스러워했다.

"응! 타 보자!"

나는 엄마를 밀어붙였다. 처음에는 조금 당황스럽겠지만, 타고 나면 엄마가 반드시 좋아하게 될 것이라는 걸 알았기 때문이다.

우리는 따릉이 일주일 정기권을 끊고, 일주일 동안 열심히 자전거를 탔다. 엄마는 처음엔 버벅거리고 자전거 페달에 부딪혀 발목에 상처가 나기도 했지만, 익숙해지자 아주 쌩쌩 잘 달렸다. 그리고 내가 생각한 것보다 훨씬 재밌어했다.

엄마가 자전거 타는 일에 익숙해질 때쯤, 나는 엄마에게 새벽에 따릉이를 타자고 제안했다. 물론 새벽 다섯 시 반에 일어나자마자 자전거를 타는 게 엄마에게 체력적으로 힘든 일일 수도 있다는 걸 알고 있었다. 하지만 힘들면 가다가 속도를 늦춰도 되고, 정 안 되겠으면 돌아와도 된다는 생각이었다. 우리 집에서 한강까지는 탄천 둘레길을 따라 자전거로 총 50분이 걸린다. 엄마는 조금 힘들어하는 듯했으나, 끝까지 나와 달려 주었다.

해가 뜰 무렵의 한강은 정말 반짝거린다. 운동하는 사람들, 자전거를 타고 출근하는 사람들, 많은 사람이 새벽부터 북적이는 한강은 내가 정말 많이 에너지를 얻는 곳이다. 그런 장소이기 때문에 엄마에게 보여 주고, 함께 자전거를 타고 싶었다. 그렇게 내 바람대로 엄마와 인증 사진도 찍고, 새벽 경치도 실컷 보았다. 그리고 새벽 따릉이를 타고 나면 항상 들리는 맥도날드에 들러 맥모닝까지 먹었다. 더할 나위 없이 완벽한 라이딩 코스였다. 엄마는 꽤 시간이 지난 지금까지도 서울에서의 추억 중 따릉이를 탔던 때가 제일 좋았다며 회상한다.

엄마와 서울에서 지내면서 엄마가 자두를 좋아한다는 사실처럼, 엄마에 대해 알지 못했던 점을 많이 발견하기도 했다. 엄마가 우리 집에서 머무는 동안은 최대한 내가 요리를 담당하기로 했다. 늘 엄마가 차려 주는 음식을 먹기도 했고, 요즘 내가 즐겨 먹는 건강하고 신선한 음식들을 대접하고 싶었기 때문이다. 식사로 간단한 탄수화물과 그릭 요거트, 디저트로는 엄마가 좋아하는 자두 그리고 모닝커피 한 잔을 준비했다.

거기에다 식사 시간에 어울리는 음악을 틀어 보았다. 노래는 엄마가 좋아할 것 같은 플레이리스트를 골랐다. 스피커에서 조정현의 '그 아픔까지 사랑한거야'라는 노래가 흘러나왔다. 엄마는 "이 노래 정말 좋아하는 노래인데, 어떻게 알았어?"라며 노래를 따라 흥얼거렸다. 그리고 식사 시간만 되면 계속 그 노래를 틀어 달라고 했다. 나는 그날 처음 알게 되었다. 엄마의 '최애' 노래가 조항조 님의 노래가 아니라는 것을.

또 하루는 플로리스트인 친구가 갑자기 결혼식 일정이 몰려서 코르사주를 만들 일손이 필요하다고 연락해 왔다. 친구를 도와주기 위해 엄마와 같이 친구의 꽃집에 일일 아르바이트를 하러 갔다. 엄마도 꽃을 좋아하고 손으로 이것저것 만드는 것을 좋아해서 즐거운 마음으로 아르바이트를 했다. 할 일을 다 끝내고 일어나려고 하는데, 친구가 엄마를 위한 선물이라며 꽃다발을 선물해 주었다. 예쁜 색깔의 꽃이 가득한 꽃다발이었는데, 엄마가 그걸 받고 너무 행복해했다. 평소에 좋아하는 것을 보면 아이처럼 순수하게 웃는 엄마인데 그 모습을 보니 흐뭇하면서도, 나는 한 번도 꽃을 선물한 적이 없는 것 같아 미안한 마음이 들기도 했다. 앞으로는 엄마의 생일마다 꼭 꽃을 함께 선물해야겠다는 생각이 들었다.

우리 집에서 스피커로 음악을 들었던 게 무척 좋았는지, 엄마는 일일 아르바이트를 해서 번 돈으로 스피커를 사고 싶어 했다. 함께 스피커를 고르고 대구 본가로 배송을 시켰다. 엄마와 서울에서의 시간을 잘 보내고 대구에 함께 내려가니, 때마침 스피커도 도착해 있었다. 엄마는 대구에 도착한 그날부터 매일 스피커로 음악을 들었다. 그동안 스피커가 없을 때는 어떻게 지냈나 싶은 정도였다.

내 방 침대에 누워서 책을 읽고 있는데, 엄마의 스피커가 다시 켜졌다. 엄마는 조정현의 '그 아픔까지 사랑한거야'를 들으며 청소를 시작했다. 일주일간 서울 여행을 함께하면서, 엄마와 참 많은 취향을 공유했다. 엄마가 좋아하는 과일, 와인, 노래부터 내가 좋아하는 새벽의 한강, 블루투스 스피커, 따릉이까지. 엄마가 좋아하는 것을 내가 좋아하게 되고, 내가 좋아하는 것을 엄마도 좋아하게 되는 시간을 보냈다. 엄마가 진심으로 행복해하는 것이 느껴져서 나도 행복해지는 시간이었다. 그러다 문득, 효도라는 것은 일 년에 한두 번 찾아뵙고 용돈을 드리는 것이 아니라는 생각이 들었다.

옆에서 소소한 일상을 공유하는 것.
최대한 많은 시간을 함께 보내는 것.
부모님의 취향과 관심사에 귀 기울이는 것.

그리고, 서로가 좋아하는 것을 함께 즐겨 주는 것.

이런 사소하지만, 막상 해 보면 어려운 것이 효도가 아닐까?

P.S. 하지만 세상의 모든 부모님은 현금도 참 좋아하십니다. 에헴.

# 밸런스 - 몸도 마음도 균형 잡기

컨디션이 급격히 떨어져서 마사지를 받으러 다닌 적이 있었다. 갈 때마다 마사지 숍에서 일하시는 분께서 나에게 해 주시는 말씀이 있다.

"원래는 40퍼센트의 긴장감과 60퍼센트의 릴랙스 에너지를 갖는 것이 좋은데, 회원님은 90퍼센트 긴장과 10퍼센트도 안 되는 릴랙스 에너지를 가지고 있어요."

"몸이 너무 경직되어 있고 뭉쳐 있어요."

항상 안타까운 탄식과 함께 절망적인 나의 몸 상태에 대해 설명해 주셨다.

그 말이 신경 쓰여서 릴랙스 에너지를 만들기 위해 스트레칭도 많이 하고, 따뜻한 차도 마셔 보고, 쉬어 보기도 했다. 그러고 나서 몇 주 뒤에 마사지 숍을 방문해서 다시 물어보면, 여전히 릴랙스 에너지가 부족하다고 말씀하셨다.

아무래도 나는 쉬는 방법을 모르는 사람인 것 같았다. 나는 성격이 정말 급하다. 눈앞에 닥친 일은 바로 해야 하고, 그걸 제대로 수행하지 못했을 때 스트레스를 받는다. 일이 쌓여 있으면 쉬는 날에도 계속 신경이 쓰이고, 일을 멈출 타이밍을 놓쳐 결국 손을 떼지 못한다. 마감에 쫓길 땐, 식음을 전폐하고, 잠도 자지 않으면서까지 온정신을 일에 집중한다. 그 일을 끝내고 나면 그제야 '아, 내가 무리를 했구나.'라며 알아차리지만, 그 전엔 눈치채지 못한다.

지금까지도 기억에 남는 일화가 하나 있다. 내가 대학교에 다닐 때의 일이다. 그날은 다음 날 과제 검사가 있는 날이라, 모두가 조급한 마음으로 늦은 새벽까지 작업을 하는 상황이었다. 그때 한 친구가 피

곤하다며 간이침대에 가서 잠깐 잠을 자겠다고 하는 것이다. 친구는 본인이 말한 대로 몇 시간 잠을 깊이 자고 일어나더니 빠르게 과제를 끝내 버리고 다시 잠이 들었다.

나는 과제 검사 전날이면 항상 밤새도록 남아서 끝까지 과제를 하고도 불안해하던 사람이었다. 그래서 더더욱 그 친구가 이해되지 않았다. 역시나 난 그날도 과제의 완성도를 위해 밤을 새웠다. 비몽사몽 중에 오전 수업을 기다리는데, 그날 교수님의 사정으로 수업이 휴강을 하게 되었다. 그리고 과제 검사역시 다음 주로 미뤄지게 되었다. 나는 쏟아지는 잠을 이기지 못해 그날 오후 시간을 다 버려 가면서 잠을 잤고, 어제 숙면을 했던 친구는 자신만의 휴식 시간을 즐겼다.

그때 휴강 안내를 받고 느꼈던 감정은 복합적이었다. 과제의 질을 높이기 위해 잠을 포기했던 내 시간이 아깝게 느껴지기도 했고, 푹 잔 친구를 떠올리며 허무한 감정이 들기도 했다. 그 이후로도 그 친구와 오랜 시간을 함께하면서, 나와는 다르게 항상 느긋하고 차분하게 행동하는 모습을 볼 때면 부러운 마음이 생겼다. 항상 전전긍긍하고 악착같이 사는 것 같은 내 모습이 싫어지기도 했다.

그전까지 나는 스스로 열심히 살아가고 있다는 점에서 우월감을 느끼곤 했다. 하지만 점차 이런 생각은 자만이고, 내가 정답이라 생각했던 '열심히' 사는 것이 오히려 내 삶을 옥죄는 집착과 강박일 수 있다고 생각하게 되었다. 사실 과제 하루 하지 않는다고 큰일이 생기는 것이 아니다. 나와 내 친구, 우리는 모두 무사히 학교를 졸업했고 현재는 각자 제 삶을 잘 살아가고 있다. 그날 내가 친구처럼 잠을 잤어도 분명 아무 일도 일어나지 않았을 것이다. 이 에피소드를 교훈 삼아, 건강을 잃어 가며 전전긍긍하지 말아야겠다는 다짐을 종종 한다.

하지만 한 번 자리 잡힌 생활 습관을 바꾸기란 쉽지 않았다. 나에게 있어 내려놓고 포기하는 것은 여전히 어려웠다. 나의 강박으로 인해 몸이 점점 망가지는 경험을 하고 난 이후로는 휴식을 취해야겠다는 다짐을 했지만, 스스로는 도저히 방법을 찾을 수 없었다. 그래서 생각해 낸 방법이 마사지 숍에 다니는 것이었다.

처음에는 마사지를 받으면서도 쉽게 잠들지 못했다. 마사지해 주시는 분이 힘을 주면 나도 같이 따라서 몸에 힘을 주게 되었다. 오히려 마사지로 인한 외부 자극이 스트레스로 느껴질 지경이었다. 하지만, 횟수를 거듭할수록 점점 편안한 상태가 되어 갔다. 마사지를 받으며 잠이 들기도 하고, 점점 릴랙스 에너지를 찾아가는 것을 나 스스로 느낄 수 있었다. 조금씩 체력을 회복한 이후부터는 자주 자가 진단을 했다. 오늘 나는 몇 시간을 잤고 얼마나 깊게 잤는지, 컨디션은 좋은지 나쁜지, 오늘은 운동을 할 수 있는지 집에서 쉬고 싶은지, 계속해서 나의 건강 상태에 물음을 던졌다.

너무 오래 쉬었다면, 산책하거나 자전거를 타며 일부러 외출하기도 했다. 이렇게 셀프 체크를 하면서 내 몸의 균형을 맞추려 노력하였다. 신체적인 부분 외에도 정신적인 부분 또한 확인해야 한다. 정신적인 밸런스를 맞추면 외부의 자극에 덜 예민하게 반응하게 되기 때문이다.

나는 강박과 집착이 심한 편이었기 때문에, 일할 때 에너지를 몰아서 왕창 쏟아 내고 지쳐 축 늘어지곤 했다. 그래서 의식적으로 오래 이성적인 생각을 했다면, 생각을 멈추고 재미있는 영상이나 감성을 자극하는 콘텐츠를 보려고 한다. 너무 들뜬 기분이 들면 일부러 침착하기 위해 노력하고, 너무 처진 기분이 들 때는 활기를 되찾기 위해 운동을 하거나 취미 생활을 한다. 또한 혼자서 오랜 시간을 보냈다면, 일부러 친구들과 모임 자리를 만든다. 이런 방법으로 항상 평온한 감정과 좋은 기분을 유지하기 위해 애를 쓴다.

사고의 밸런스 또한 중요하다. 너무 편협한 사고 방식을 가지지 않도록, 치우친 이론을 접하게 되는 경우에는 꼭 반대 의견도 찾아서 공부한다. 그러다 보면 '사람들은 다 각기 다른 생각을 하며 살아가는 구나.' 하는 생각이 들고, 타인을 좀 더 너그러운 시선으로 바라보게 된다. 갑자기 나와 정반대의 성향을 보이는 사람들도 궁금해진다. 그들의 삶을 들여다보면서 내가 정했던 가치관의 축이 수정되는 경우도 생긴다. "절대 그럴 수 없어!"에서 "그랬구나, 그럴 수 있겠다."라는 화법으로 바뀌게 되고, 더욱더 유연한 사고를 하게 되었다.

이것뿐 아니라 식습관, 업무량, 인간관계 등 크고 작은 다양한 부분의 밸런스를 맞추기 위해 애쓰고 있다. 이런 노력을 통해, 요즘은 예전보다 균형이 맞추어진 일상에서 같은 일을 해도 효율이 높아지는 것을 실감하고 있다.

## 프리랜서가 된 이후의 삶

　2년간의 회사 생활을 끝내고 프리랜서가 되었다. 퇴사 직후, 일주일도 쉬지 못하고 바로 일을 시작했다. 프리랜서 디자이너로 일하며 가방 브랜드에서 신제품을 출시했고, 내 브랜드 오픈을 준비하며 인플루언서 겸 모델로 활동했다. 하루하루 정말 바쁜 일상을 살았다.

　내가 가진 세 가지 직업의 공통점은 일하는 만큼 돈을 번다는 것이다. 또 반대로 말하면, 내가 조금이라도 게으르면 돈을 벌지 못할 수 있다는 것이다. 일이 잘 풀릴 때는 만족스럽다가도, 가끔 제작이 엎어지거나 더 이상 일을 받지 못하는 불안정한 상황이 닥치기도 한다. 그럴 때면, 믿을 구석도 없고 기댈 곳 하나 없는 지금의 상황이 두렵고, 걱정스러웠다. 매달 정기적으로 월급을 받는 직장인들이 부럽기도 하고, '이래서 다들 안정적인 공무원을 하려고 하는구나.'라는 생각이 들기도 했다. 프리랜서가 되고 나서 1년간은 오르락내리락하는 기복을 겪으면서 불안한 시기를 보냈다.

사실 상황 자체에 기복이 있었다기보다는 내가 가지고 있던 확신이 힘을 잃고 있었다. 어느 순간, 이 일을 선택한 것에 대한 나의 확신이 무너지고 있다는 생각이 들었다. 그런 혼란스러운 생각에 사로잡힐 때쯤 동시에 내 생각이 멈추는 순간 나의 브랜드도, 나의 유튜브 채널도 모두 멈추어 버린다는 것을 깨달았다. 나의 상황이 불안정하게 느껴졌고, 오히려 불안한 마음을 덜기 위해 더 바쁘게 보냈던 것 같다.

불안감을 극복하기 위한 방법 중 한 가지는 다른 사람들의 삶을 들여다보는 것이다. 삶의 방향을 못

잡고 휘청거릴 때는 의외로 남의 삶을 들여다보는 게 많은 도움이 된다. 화려한 모습만 편집된 SNS 속 삶이 아닌, 사람 냄새가 나는 '진짜' 삶 말이다. 예를 들면 TV 프로그램 중에 〈인간극장〉이나 〈아침마당〉 등이 있다. 나는 그중에서도 〈유 퀴즈 온 더 블럭〉이라는 프로그램을 자주 보는데, 그 이유는 제각각의 기준대로 삶을 살아가는 사람들이 많이 출연하기 때문이다. 또 대단한 업적이 있거나 특별한 직업을 가진 사람들만 나오는 것이 아니라서 더 좋다.

한번은 지방의 작은 빵집을 운영하는 사장님이 출연했다. 사장님은 매일 아침 학생들을 위해 '공짜 빵'을 만든다. 빵집 앞 테이블 위에 빵과 요구르트를 가득 올려 두고 등굣길에 학생들이 마음껏 집어 갈 수 있도록 한다. 사장님은 부자가 아니다. 13년 된 자동차 한 대만을 소유하고 있다고 한다. 그런데도 사장님은 매일 공짜 빵을 만들고, 매년 이천만 원 상당의 빵을 기부한다. 코로나로 생계가 어려워졌을 때도 공짜 빵을 만들었는데, 요구르트 살 돈이 없어서 열흘 정도 빵만 내놓은 적이 있다고 한다. 그

열흘 동안 요구르트를 주지 못하는 것이 학생들에게 그렇게 미안했다고 한다. 그리고 빵집 사장님은 그저 학생들이 밝게 인사하고 찾아오는 것만으로도 행복을 느낀다고 했다.

또 다른 출연자는, 40대에 은퇴를 결심한 '파이어족' 부부였다. 잘나가는 IT 기업에서 높은 연봉을 받고 일하다가 삼십 대 중반에, '이렇게 일하다가는 죽을 수도 있겠다.'라는 생각이 들었다는 것이다. 결국 조기 은퇴를 결심하게 되었고, 누리고 살진 못해도 굶어 죽지 않을 정도의 돈만 모은 후 퇴사했다고 한다. "젊은이들이 일을 해야지. 그래야 경제가 돌아가지."라는 어른들의 질타를 받은 적도 있다고 한다. 하지만 그들은 일을 '포기'한 것이 아니라, 그들의 심리적 안정을 위해 퇴사를 '선택'한 것이다.

〈유 퀴즈 온 더 블럭〉을 보다 보면, 내가 생각했던 평범의 기준과 다른 삶을 선택하는 사람들이 참 많다는 것을 느낀다. 그럴 때면 어떤 길을 선택하든지 간에 자기가 선택한 길에 대해 확신을 가지고, 본인이 만족스러움을 느끼는 것이 제일 중요하다는 것을 깨닫는다. 내가 선택한 길이 불안한 길이라는 생각이 들 때, 확신하기 위해 스스로 했던 '마인드셋 방법'이 있다.

- **직장을 다니는 사람들은 행복할까?**

많은 사람이 직장 생활에서 스트레스를 받는다. 모두 하나같이 입을 모아, 퇴사가 꿈이라고 말한다.

- **그럼 그들은 단순히 퇴사가 꿈일까?**

단순히 그만두는 것이 아니라, 최대한 안정적인 시스템을 구축해서 퇴사하기를 원한다. 그 시스템 또한 사람마다, 상황마다 다르다.

- **그럼 그들이 원하는 안정적인 시스템은 무엇일까?**

더 좋은 회사에 들어가거나, 공무원이 되거나, 재테크 또는 사업 성공을 통해 경제적 자유를 얻는 것이다.

• 그럼 그들이 말하는 안정적인 시스템은 과연
정말 안정적일까?

이런 식으로 현재 가지고 있는 고민에 질문을 던
져 보는 것이다.

몇 년간의 피 말리는 시험 준비 끝에 공무원이 된
내 지인의 지인은, 입사 후 몇 개월을 버티지 못하고
퇴사했다고 한다. 이유는 '적성에 맞지 않아서'였다.
이해할 수 없다는 듯 말을 전하는 지인에게, 나는
"나도 그럴 것 같은데?"라고 이야기했다.

안정적이라 여겨지는 공무원의 경우, 소위 말해
쉽게 해고당할 일이 없다는 점에서 안정적이라고
말할 수 있다. 하지만 정년퇴직까지 최소 30년이 넘
는 세월 동안 직장 생활을 해야 한다는 점은, 나에겐
다소 지루하게 느껴진다.

나의 사촌 형부는 삼성전자를 퇴사하고, 현재는
여행 드로잉 작가로 일하고 있다. 제주도 곳곳을 여

행 다니며 눈에 보이는 풍경을 그리고, 사람들에게 공유한다. 그림을 공유하는 방법은 드로잉 책을 쓰거나, 강연을 하거나, 전시회를 열고 있다. 사촌 형부의 전시를 보러 가서 형부와 이런저런 이야기를 나누게 되었다. 형부는 막상 입사해 보니 자신이 대기업과는 맞지 않는 성향이라는 것을 알게 되었다고 한다. 그리고 어릴 적부터 하고 싶었던 그림을 그리고 싶다는 생각이 커져서 퇴사 후 그림을 그리기 시작했다.

사촌 형부가 삶을 살아가는 방향과 자세는 내가 프리랜서가 되기로 결심한 이유와 일치하는 부분이 많다. 하고 싶은 일을 현실적인 문제로 내려놓고 사는 삶은 나에게 딱히 매력적으로 다가오지 않는다. 대체 그건 누굴 위한 삶인가.

고등학교 때부터 친하게 지내 온 친구는 얼마 전, 가상 화폐인 비트코인 투자로 경제적 자유를 얻었다. 그 친구는 『서른살, 비트코인으로 퇴사합니다』의 저자이기도 하다. 친구는 이 책을 출간했을 때보다 현재는 더 많은 자산을 가지게 되어서 평생 먹고 살 걱정을 하지 않아도 되는 수준에 이르렀다. 더 이상 아무런 일을 하지 않고도 충분히 풍요로운 삶을 살 수 있지만, 친구는 자신의 더 큰 꿈을 이루기 위해 새로운 불안과 맞서고 있다. 그는 새로운 불안을 경험하고 그것을 극복하는 것이 인생의 재미라고 말한다. 앞으로도 그는 그가 사는 세상에서, 계속해서 또 다른 불안을 경험하려 할 것이다.

이렇듯 안정과 행복을 느끼는 기준은 다르다. 누구나 원하는 회사, 모두의 꿈, 만인의 연인이라는 것은 없다. 누군가는 청춘을 다 바쳐서 되려고 하는 공무원이, 나에겐 선호하는 직업 20위 안에도 들지 못하는 직업이다. 또한, 내가 다시 회사에 들어간다고 한들 나는 안정감을 느끼지 못할 것이다.

사실 따지고 보면 안정감 같은 건 애초에 없을 수도 있다. 그냥 안주하고 기대려는 감정일 뿐이지, 그것을 나 자신이 아닌 다른 곳에서 찾으려 한다면, 언젠간 그것으로부터 휘둘리는 순간이 올 수도 있다.

안정적이라 믿었던 회사에 불황이 찾아올 수도 있고, 갑작스러운 사건 사고에 휘말려 징계받게 될 수도 있다. 결국엔 또 불안정한 결과가 생길 수도 있다.

'나는 현재 내가 할 수 있는 일을 할 뿐이다. 내가 더 좋아하고, 더 잘하는 일을 찾아가는 과정이다.' 이렇게 마인드셋을 하고 나면, 그동안 불안정하다고 생각했던 프리랜서의 단점들도, 결국에는 다 나의 선택이라며 받아들이게 된다. 남들과 비교하는 마음 또한 사라진다. 나는 내가 안정감을 느낄 수 있도록 나의 꿈을 더 자세히 계획하고 다듬으려 한다. 그리고 걱정이라는 불필요한 감정에 시간과 에너지를 쏟지 않고, 지금 하는 일에 확신을 가지며 더 즐기고 사랑하기 위해 노력할 것이다.

# 괜찮은 척, 행복한 척

헤어 나올 수 없을 정도로 무거운 우울감을 느낀 적이 있다. 그동안 한 번도 경험해 보지 못한 무기력함이었다. 처음에는 '기분이 안 좋은 거겠지.', '자고 일어나면 괜찮아지겠지.'라며 대수롭지 않게 여겼다. 하지만 이틀이 지나고, 일주일이 지나도 무기력하고 우울한 감정에서 벗어날 수 없었다. 어떻게든 이겨 내 보려고 잠깐 일을 놓기도 해 보고, 지인들을 만나 즐거운 시간을 보내도 봤지만, 그것도 그때뿐이었다. 우울함이라는 감정은 혼자 남겨지기 무섭게 나를 덮쳐 왔다. 나는 그 누구보다도 밝은 사람이었기에, 그런 감정이 참 당황스러웠다.

내 속내를 누군가에게 털어놓는 것도 참 어려웠다. '나의 이야기에 혹시라도 상대방이 불편함을 느끼거나 부정적인 영향을 받으면 어떡하지?', '평소와 다른 나의 모습을 싫어하거나 실망하면 어떡하지?' 하는 걱정만 앞섰다. 다 이해받을 수 없을 것 같아서 최대한 숨기려고 노력했다.

하지만 시간이 지날수록 마음은 더욱 공허해졌다. 깊은 잠에 빠지지 못해 체력적으로도 쇠약해졌다. 일기를 쓰다가 세 줄도 채 적지 못하고 또 다른 고민에 빠지고, 문장의 끝맺음 없이 줄줄이 부정적인 이야기들만 쏟아 내기도 했다. 그러다 또 마무리는 밝은 척, 괜찮은 척하며 감정을 숨겼다. 나는 내 일기장에서조차 솔직할 수 없었다.

이런 우울하고 무기력한 상황은 내가 한창 유튜버로 성장하고, 브랜드도 성공적으로 잘 이끌고 있었을 때 겪은 일이다. 다른 이의 눈에는 행복에 겨워도 모자랄 상황에서, 나는 이런 불안과 우울을 느꼈다. 정확한 이유는 알 수 없지만, 짐작 가는 이유가 있다.

나는 정신적, 체력적으로 지쳐 있었다. 원래 나는 성과가 눈에 보이는 일을 참 좋아한다. 당시 내가 하고 있던 일은 모두 나의 노력에 따라 성과가 결정되는 일이었다. 열심히 할수록 성장하는 것이 눈으로 바로 확인되었다. 결과를 확인하는 게 재미있기도 했고, 기회를 놓치고 싶지 않았기 때문에 나는 어느 때보다도 일에 몰두했다.

그때 당시엔 내가 열심히 살고 있다고 생각했지만, 지금은 그런 생활이 위태롭고 잘못되었다는 것을 잘 알고 있다. 일에 지나치게 치우친 삶이었다. 나는 또 일과 휴식의 경계가 무너진 채, 쉴 틈 없이 계속 일만 했다. 휴식의 필요성과 가치를 느끼지 못했다. 그 시간을 줄이면 일을 더 할 수 있었기 때문이다. 그렇게 나는 쉬는 시간이 아까워서 항상 행복을 나중으로 미뤘다.

그리고 외부에서 오는 모든 감정이 다 스트레스처럼 느껴졌다. 타인의 말에 점점 더 예민하게 반응하게 되었다. 누군가를 만나는 것이 불편했고, 꺼려졌다. 그럴수록 나는 혼자만의 시간에 더욱 깊이 빠졌다. 이런 상황에서 가장 힘들었던 점은, 유튜브 영상 속 나는 '괜찮은 사람'이어야 한다는 점이었다. 취미로 시작했던 유튜브 채널이 커지면서, 점점 많은 사람이 나를 응원해 주고 지켜보고 있었다. 정말 감사한 일이지만, 그 당시에 건강하지 못했던 사고를 하고 있었기에 그 관심이 때론 부담스럽게 느껴지기도 했다. 항상 기분 좋은 모습만 보여 줘야 하고, 에너지 넘치는 모습만 영상에 담아야 할 것 같은 강박이 있었다. 나 스스로 기분이 가라앉아 있다는 것에 죄책감을 느꼈다. 그래서 억지로 기분 좋은 척을 할 때도 있었고, 그 사실이 나를 더욱 힘들게 했다.

신체적, 정신적으로 건강하지 못한 상태에서 좋지 않은 피드백을 받으면 더 예민하게 반응하게 되었고, 안 좋은 반응들이 두려워서 나의 선택과 발언에 자신감을 잃어 갔다. 누군가 "기분이 안 좋아 보인다."라고 남긴 댓글을 보면, 내 상태를 들킨 것 같아 심장이 철렁 내려앉기도 했다. 지금 생각해 보면, 기분이 안 좋은 것도, 불안한 것도 다 나의 모습이고 나의 일상인데 말이다. 이 채널의 주인은 나인데 더 이상 내가 주체가 아닌 것 같은 느낌이 들었다.

이 시기를 잘 이겨 내기 위해 내가 결정한 방법은, 다시 가족의 품으로 돌아가는 것이었다. 몇 달간 근심 걱정으로 가득 찼던 자취방을 벗어나고 싶었다. 이른 아침에 찌개 끓는 소리, 도마 위 칼질 소리, 가족들의 말소리, 적막을 깨는 갖가지 소리가 나를 안심시켰다. 그리고 가족의 온기, 존재만으로도 참 따뜻하고 고마웠다. 그동안 가족의 감사함을, 소중한 사람들의 존재를 잠시 잊고 지냈다는 것을 느꼈다. 이 외에도 놓쳐 온 것이 참 많겠다는 생각이 들었다.

나는 대구에서 내가 놓쳐 온 것들을 되찾으며 시간을 보냈다. 오래전부터 내 사진첩에는 항상 예쁜 하늘 사진이 가득했다. 회사에 다닐 때는 출근하면서 몇 초간 짬을 내 올려다보는 하늘이 나의 유일한 낙이었기 때문이다. 하지만 어느 순간부터 하늘을 보지 않았다. 나는 다시 핸드폰을 꺼내어 하늘 사진을 열심히 찍어 보았다. 좋아하던 요리도 다시 시작했다. 가족들에게 요리해 주고 맛있게 나누어 먹는 것보다 더 완벽한 치유는 없었다.

최대한 일을 하지 않고 제대로 쉬기로 마음먹었는데, 한 달 정도 지나니 갑자기 일하고 싶어졌다. 아무래도 여유로운 마음이 생기니 그림도 잘 그려지고, 일의 능률도 훨씬 좋았다. 그리고 대구에서 시간을 오래 보내다 보니, 서울에서의 자취 생활이 그리워졌다. 한강에서 즐기는 피크닉도, 문화생활도, 화려한 야경도 그리웠다. '다시 올라가면 이것도 하고 저것도 해야지!' 의욕이 생겨났다.

대구에서 두 달 동안 살고 서울로 돌아와서도, '어떻게 하면 이 번아웃 상태에서 완전히 벗어날 수 있을까?' 많이 고민했다. 그 과정에서 일기도 더 자주 쓰고, 혼자 여행도 떠나고, 다양한 취미도 가지면서 나에게 집중하는 시간을 더욱 많이 가졌다. 이런 노력을 통해, 다시 마음이 편안해지고 일상의 감사함을 느낄 수 있게 되었다.

가족들 곁에서 생활하는 것과 더불어 불안과 무력의 시기에서 나를 빠져나올 수 있도록 도와준 것은 '내려놓을 줄 아는 자세'였다. 힘듦을 인정하고, 나의 부족함을 받아들이는 것. 세상에는 내 마음대로 안 되는 일이 더 많고, 열정과 결과가 꼭 비례하는 것은 아니라는 것을 인정했다. 그 후로는 내가 노력한 만큼 결과가 나오지 않더라도, 크게 실망하는 일이 없어졌다. 부족할 수 있다. 자책할 이유는 없다. 단기간으로 보았을 때 결과가 미비하더라도, 내가 이 과정을 유의미하다고 생각한다면 장기간으로는 더 큰 결과를 만들 수 있다.

당장 수익과 직결되는 일이 아니더라도, 나의 가치를 높이는 일. 책을 읽고, 공부하고, 내면을 더 단단하게 다지는 일. 다양한 사람을 만나는 일 등 다양한 경험이 그렇다. 차곡차곡 쌓아 두었던 경험들이 갑작스럽게 기회를 만나 빛을 발하게 되는 것을 직간접적으로 많이 보았다. 너무 미미해서 기대도 하지 않은 일에서도 말이다. 세상에 무의미한 일은 없다는 것을 깨달았다. 이제는 작은 일 하나하나에도 감사하고 소중하다. 삶의 균형을 잡아 가는 과정에서 삶을 대하는 태도도, 성격도 많이 바뀌게 되었다.

지금은 오히려 그때보다 더 많은 일을 하고 있음에도 불구하고 힘들지 않다. 나에게 최적화된 루틴을 만들고, 최대한 그 루틴을 지키며 일상을 보내려 하기 때문이다. 제대로 된 방향을 정했다면, 속도는 중요하지 않다. 그날그날의 컨디션에 맞춰서 뛰거나 걸으면 된다. 속도를 내어 달린 날에는 혹시 지나친 것은 없을까, 잘 가고 있는 것일까 자주 돌아보는 것이 중요하다.

속도가 느린 것 같아도 이 방법이 의외로 더 효율적인 지름길이라는 걸 느낄 때가 많다. 눈앞의 상황들을 보다 더 거시적인 관점으로 보려고 노력한다. 그러다 보면 자연스레 조급한 마음이 사라지고, 집착하지 않게 된다. 우울과 불안도 느끼지 않을 수 있다. 작은 사건 사고들도 지나고 보면 다 하나의 추억으로 기억될 것이고, 내가 성장하는 데 있어서 자양분의 역할을 해 줄 것이다. 이렇게 나는 삶에 대한 만족도도, 행복도도 높아지게 되었다.

# 나의 이별 극복법

가까운 지인들이 나에게 신기해하는 점이 있다. 그건 바로 인간관계에 집착하지 않는다는 점이다. 친구들은 나에게 연애를 할 때는 독립적이고, 이별 후에도 잘 극복하는 것 같다고 말한다. 나의 연애 스타일이 타인의 눈에는 그렇게 보일 수도 있다. 하지만 나도 남들처럼 상대에게 의지하고 싶을 때가 있고, 이별의 슬픔을 극복하는 것도 쉽지만은 않다.

물론, 아주 어릴 때 연애에 비하면 많이 성숙해지긴 했다. 이십 대 초반에는 내 생활이 무너질 정도로 상대방에게 끌려다녔었다. 해야 할 일을 다 내던지고 버선발로 달려 나가고, 원치 않는 부탁도 다 들어 주려고 했다. 이별 후에는 울고불고 매달리고, 술에 취해서 전화를 걸고, 상대에게 집착도 했었다. 그때 는 그 사랑이 인생의 전부라는 생각이 들었었다. 그 사람과 헤어지면 내 인생이 무너질 것 같고, 그 사람 이 아니면 안 될 것 같아서 이별하는 것이 너무 무서 웠다.

첫 이별의 기억은 지금 생각해도 끔찍하다. 내 감 정은 크게 요동쳤고, 일상도 완전히 무너졌었다. 밥 도 잘 먹지 않아 얼굴이 점점 상해 갔고, 갑자기 길 에서 주저앉아 엉엉 울기도 했다. 슬픈 노래를 듣거 나 가슴 절절한 드라마를 볼 때면 다 내 이야기처럼 느껴졌다. 그 당시엔 '허전하다, 외롭다' 등 감정적 인 부분에만 초점을 맞추어 생각했었다. 그래서 나 를 소중하게 대하지 않는 상대라는 걸 알고 있음에 도 관계를 쉽게 정리하지 못해서 헤어지고 다시 만 나기를 반복했다. 관계를 완벽히 끝내기 위해 정말 큰 결심이 필요했고, 오랜 시간이 걸렸다. 정말 지옥 같은 시간이었다.

지금 다시 돌아보면, 그 사람을 가장 많이 사랑했기에 가장 힘들었다고 생각하지 않는다. 그때 너무 어려서 지금처럼 주체적인 사고를 하지 못했다. 나보다도 상대가 더 중요했고, 많이 의지하던 상대를 잃은 공허함이 너무 컸다. 연애의 흔적을 지운 나의 일상은 갑자기 텅 비어 버린 느낌이 들어 허전하고 허무했다. 이별 후에 감정을 표현하는 방식 또한 지나치게 감정적이었고, 성숙하지 못했다. '이불 킥'을 하고 싶어질 정도로 후회되는 순간들도 있었다.

지금 연애관은 이런 몇 번의 실패를 거듭하면서 스스로를 지키기 위해 만들어진 것이다. 그때나 지금이나 연애 방식은 크게 바뀌지 않았다. 여전히 진심으로 사랑하고, 최선을 다해 연애한다. 다만 상대방에게 지나치게 의존하거나 바라지 않을 뿐이고, 연애를 하면서도 나의 생활을 지키려고 노력할 뿐이다. 이제는 정말 사랑하는 사람을 만나면, 그 사람에게 기대고 싶다는 마음보단 내가 그 사람에게 필요한, 좋은 사람이 되어 주고 싶다는 생각이 든다. 그러다 보니 더 좋은 사람이 되기 위해 노력하게 되고, 연애를 통해 차츰차츰 발전하는 느낌을 받는다.

이런 마음으로 연애를 하면 그 끝이 이별일지라도 결과적으론 더 멋진 모습으로 성장하는 것을 경험할 수 있다. 상대방 또한 나와 비슷한 연애관을 가진 사람이길 바란다. 예전과 달리 지금은 "너 없으면 난 죽어."라며 나만 바라보는 사람보다는 자기 삶을 열심히 개척해 나가는 사람에게 더 심리적 안정감을 느낀다. 각자의 생활을 탄탄하게 지켜 온 이들이라면, 한 사람에게 힘든 일이 생길 때 응원도 해 주고, 더 좋은 길로 이끌어 줄 수 있다. 그리고 좋지 못한 상황을 더 빠르게 극복할 수 있다. 그러기 위해서 각자 주체적인 생각을 갖고 연애를 해야 한다.

한때, 미움받지 않으려고 진짜가 아닌 모습으로 연애를 한 적도 있었다. 지나치게 배려하고, 괜찮은 척, 쿨한 척 애쓰면서 말이다. 하지만 이런 행동은 나의 진짜 모습이 아니기 때문에 시간이 지날수록 나를 힘들게만 했다.

관계를 맺으며 맞춰 가는 노력은 매우 중요하다. 하지만 이해되지 않고, 내키지 않는 부분까지 상대 방이 좋아한다는 이유로 바뀐 '척'한다면 어떨까? 결국 연애에 악영향을 끼칠 수밖에 없다. 그래서 이 제는 가장 솔직하고 나다운 모습으로 연애를 하려 고 한다. 부족할지라도 진짜 나의 모습으로 연애할 때에 가장 행복하고 편안하다. 이러한 연애 방식은 행복한 연애를 지속하는 데에 많은 도움을 주었고, 나 자신을 더욱 사랑할 수 있게 만들어 주었다.

이별에 대한 관점도 많이 바뀌었다. 과거엔 마냥 이별하는 것이 무서웠다. '이별은 슬프고 외로운 것' 이라는 생각이 들어서, 어떻게든 피하고 싶었다. 이 성보다 감정이 앞서 현명한 판단을 하기가 어려웠 다. 여전히 이별이 공허하고 슬프지만, 전보다는 빠 르게 슬픔을 극복할 수 있게 되었다. 그건 내가 이별 을 '빗나감'이라고 정의한 이후부터이다. 사람마다 생각의 방향과 속도에 차이가 있다. 서로가 비슷하 다고 느껴지는 지점에서는 연애가 그저 즐겁다. 그 러나 그 지점은 언제라도 틀어질 수 있다. 마음의 크기가 달라져서 그럴 수도 있고, 갑자기 생긴 일상의 변화 때문일 수도 있다. 그 외에도 다른 이유도 있을 것이다.

어긋난 두 선을 다시 잇기 위해서는 노력을 통해 상대방의 궤도에 맞춰야 하는데, 이런 과정은 생각보다 많은 희생이 필요하다. 사랑하는 만큼 그 궤도에 맞추기 위해 노력하겠지만, 조금만 방심하면 또 걷잡을 수 없이 벌어지게 될 것이다. 교차점을 지나 각자의 방향으로 멀어지는 시기. 나는 이별을 그렇게 생각하기로 했다.

살다 보면 오랜 관계를 끝내야 할 때가 있는데, 이런 경우 가장 마음이 아프다. 함께했던 오랜 날들을 뒤로하고 관계를 끝낸다는 것은 너무 잔인하게 느껴진다. 하지만 '과거의 시간을 어떻게 보냈는지'보다 중요한 것은 '현재의 시간을 어떻게 보내고 있는지'이다. 오래된 사이일수록 '우린 친하니까.', '에이, 우리가 몇 년을 함께한 사이인데.', "저 사람은 다 알아주겠지.'라는 생각이 들어서 간과하는 부분들이 있다.

이런 사소한 것들이 쌓이고 쌓여 결국 큰 갈등을 만든다. 관계를 오래 이어오는 동안, 우리는 서로가 처음 알고 지내던 모습과 다르게 계속해서 변화하고 있을 것이다. 하지만 과거의 시점에 맞추어져 있어서 현재 상대가 어떻게 바뀌어 있는지 모를 때가 많다. 사실은 서서히 지나치는 중일지도 모르는데 말이다. 그렇기 때문에 오래된 사이일수록 관계를 소중하게 여기고, 계속해서 서로의 변화를 들여다보는 게 중요하다고 생각한다.

이런 관점은 연인 관계에만 해당하는 것은 아니다. 친한 친구, 오래된 지인과의 관계에도 적용해 볼 수 있다. 나는 오랫동안 깊이 알고 지낸 친구와의 인연을 끊어 낸 적이 있다. 그 친구는 내 인생에 늘 함께 할 것 같은 사람이었다. 그래서 오랜 시간 동안 슬픈 감정에서 헤어 나오지 못해 힘들었다.

하지만 내가 이별을 바라보는 관점에 대입해 보면, 이건 무작정 슬퍼할 일만은 아니었다. 우리는 오랜 시간 같은 궤도를 달리며, 즐겁고 행복한 시간을 보냈었다. 그리고 성인이 되어 각자의 생활에 더 집중하게 되면서, 각자의 환경에 맞춰 달라지고 있었다. 그러면서도 우리는 우리가 멀어지고 있다는 것을 인정하고 싶지 않았다. 다르다는 것을 어쩌면 지금 '잠깐' 맞지 않는 부분이 있는 것이라고 외면했다. 다르다는 것을 인정했더라면 이렇게 극단적인 상황이 일어나지 않았을 수도 있다.

하지만 우리는 여러 사건으로 교차점을 한참 지나 버렸다는 것을 깨닫게 되었다. 더 이상 관계를 이어 나가기에 어려움을 느꼈고, 우리의 관계가 노력으로 되돌릴 수 없다는 것을 알았다. 친구와 함께하는 동안, 우리는 분명 서로의 인생에 좋은 영향을 주었을 것이다. 그러나 이별을 결심한 순간에는, 그렇지 못하다고 판단했다. 딱 거기까지가 서로의 역할이었다. 더 이상 서로에게 해 줄 수 있는 것이 남아 있지 않았다.

관계가 무너졌다고 해서 완전한 나의 잘못도, 완전한 상대의 잘못도 아니다. 그래서 나는 그 친구를 원망하지는 않는다. 다만, 다시 돌아갈 수 없는 그 소중한 인연이 조금 그리울 뿐이다.

이별에 대한 주체적인 관점이 생긴 이후, 서로 가는 길이 달라진 것뿐이라며 비교적 수월하게 이별을 받아들이게 되었다. 서로 다른 사람이기에 관점이 다를 수 있고, 더 이상 노력할 힘이 남지 않아 이별할 수도 있다. 한 방향으로 함께 달린다는 것은 매우 어려운 일이고, 큰 노력이 필요하다. 그래서 그 시기를 함께하는 상대에게 최선을 다해야 한다.

지금의 소중한 인연이 언젠가 멀어질 수도 있다. 당연하게 영원히 지속되는 관계는 없다. 나는 이제 관계를 이어 나가기 위해서 노력이 당연하다는 것을 받아들이고, 현재의 소중한 인연들에 최선을 다하고 있다. 그렇기 때문에 이별에 후회를 남기지 않고, 예전보다 성숙하게 극복해 낼 수 있게 되었다.

# 너는 무슨 계절이 좋아

계절의 변화는 일상의 감사함을 알게 해 준다. 어렸을 때는 "어떤 계절이 좋아?"라는 질문에 쉽게 대답할 수 있었다.

"여름! 겨울!"

내 대답의 이유는 단순했다. 여름이 좋은 이유는 단지 수영을 할 수 있어서, 겨울이 좋은 이유는 눈사람을 만들 수 있어서였다. 하지만 지금 나에게 누군가가 "어떤 계절이 좋아?"라고 묻는다면 쉽게 고를 수 없다. 그 이유는 골고루, 빠짐없이 다 좋기 때문이다.

봄은 늘 아쉽다. 봄은 오래 기다린 만큼 가장 반가운 계절이지만, 항상 한 해를 아쉽게 스쳐 간다. 이 짧은 시기를 놓치면 다시 일 년을 기다려야 한다. 그래서 최대한 많이, 그리고 자주 눈에 담기 위해 더욱 부지런해지는 계절이다. 특히 벚꽃이 만개한 나무들은 겨우내 텅 비어 있던 거리를 화려하게 가득 채운다. 순간을 놓치고 싶지 않아 카메라를 들어 풍경을 담아 보지만, 아무리 좋은 필터를 입혀도 눈으로 직접 보는 것만큼 아름답지 않다. 그럴 땐 풍경이 보이는 카페에 앉아 멍하니 봄을 눈에 담는다. 마치 시선도 마음도 계절 따라 녹아내리는 기분이 든다.

여름은 사실 어릴 때부터 한결같이 좋아했다. 따뜻한 계절 중 유일하게 방학이 있었고, 가족과 떠났던 여름휴가의 기억은 여름을 좋아하기에 충분한 이유였다. 하지만 한겨울에 여름을 찾아 해외여행을 떠나던 날, 내가 여름을 좋아하는 이유가 방학 말고도 또 다른 이유가 있다는 것을 알게 되었다.

낮이 긴 여름날, 땀 흘리며 자전거를 타는 것은 나

에게 삶의 활력이었다. 자전거를 타는 중에 마시는 얼음물 한 모금은 열대야도 잊게 했다. 샤워를 끝내고 선풍기 앞에 앉아 수박을 집어먹을 때, 바람을 통해 전해지는 내 머리칼의 샴푸 향은 나에게 더없는 개운함을 느끼게 했다. 여름휴가로 떠난 산지에서 맡는 젖은 흙냄새와 싱그러운 풀 냄새. 그리고 은은하게 들려오는 매미 울음소리와 계곡의 물소리. 무거운 외투를 벗어 던져 내 몸이 가장 가볍고 자유로운 상태. 살결 가득 느껴지는 여름의 온도. 이 모두가 더위를 잊을 만큼 여름이 좋은 이유다.

가을은 여유롭게 걷고 싶은 계절이다. 그래서 강릉 여행도 가을에 뚜벅이로 다녀오게 되었다. 여유롭게 목적지를 향해 걸어가는 길에 우연히 헌책방에 들렀다. 그 책방에서 쿰쿰한 책 냄새도 맡고, 먼지 가득한 땅바닥에 퍼질러 앉아서 오래된 책들을 읽었다. 계획에 없던 장소지만 가을이라서, 천천히 걷고 싶었던 뚜벅이 여행이라서 발견할 수 있었다. 만약 차를 타고 여행했다면 분명히 지나쳤을 곳이었다.

봄과 여름을 지나, 벌써 한 계절만을 남겨 놓았다는 것을 깨달을 때면 헛헛한 마음이 들기도 하고, 조급해지기 시작한다. 우리는 늘 빠르게 가는 것과 바쁘게 지내는 것에 익숙하다. 그래서 지나고 보면 소중한 것들을 놓치며 살아갈 때가 있다. 그래서 가을엔 더욱 여유를 느끼며 한 해를 돌아보려고 한다. 낙엽이 잔뜩 깔린 길을 산책하거나, 하늘도 자주 올려다보게 된다. 다른 계절보다 책도 더 많이 읽으려 한다. 여유롭게 보내고 싶은 마음과는 달리, 눈 깜짝할 사이에 단풍이 지고 겨울이 성큼 다가온다. 그래서 가을은 늘 미련이 남는다. 하지만 그것 또한 가을의 매력이 아닐까 생각한다. 가을은 봄과 여름의 아쉬움을 발견하고, 나를 더욱 무르익게 만드는 계절이다.

겨울의 추위는 아늑하다는 것이 얼마나 소중한지 상기시켜 준다. 나는 추운 날씨를 매우 싫어한다. 하지만 한겨울 칼바람을 피해 카페에서 마시는 따뜻한 라테 한잔은 어느 때보다 극적인 포근함을 느낄 수 있어서 좋다. 또한 온기를 가지고 있는, 별거 아닌 작은 물건에 감사할 수 있다. 얼어붙은 몸을 녹여주는 따뜻한 캔 커피, 일회용 손난로, 등에 붙인 핫팩 등 사소한 것에서 따뜻함을 느낀다. 차갑게 얼어붙은 손으로 따끈하고 쫀득한 붕어빵을 쥐고 베어물 때, 전기장판에 몸을 눕혀 이불을 턱 끝까지 끌어올렸을 때 등. 온몸 피부에 전해지는 포근함은 바깥에서 불어오는 매서운 겨울바람의 기억을 왜곡할 정도로 좋다. 더울 때 필요 없었던 목도리와 장갑도, 서랍에 고이 보관해 두었다가 날씨가 추워질 즈음에 꺼낸다. 만약 더운 날만 있었다면, 목도리와 장갑이 주는 아늑함을 느끼지 못했을 것이다.

제철이 되어야만 느낄 수 있는 많은 것에 감사함을 느끼며 모든 계절을 미련 없이 채운다. 이제는 모든 계절을 불평 없이 즐기고 사랑하게 되었다. 지나간다는 것을 알기 때문에 감사함을 느끼게 되고, 다시 돌아올 것을 알아서 그 순간을 기대하며 기다리게 된다. 사계절을 경험하고 나면, 또다시 새로운 한 해를 맞이한다. 계절을 경험해 갈수록 사계절이 있는 곳에서 산다는 것에 감사함을 느낀다.

## 다정한 사람이 되자

"새해 복 많이 받아."

"메리 크리스마스."

"해피 추석."

매해 나에게 한 해의 이벤트를 알리며 먼저 인사를 건네는 친구가 있다. 언젠가 평소와 달리 내가 먼저 "새해 복 많이 받아."라는 문자를 보낸 적이 있다. 친구가 화들짝 놀라며 "너 왜 그러냐? 어색하다."라고 말했다. 친구에게 비치는 나는 인사에 인색한 사람이었다.

나는 애정 표현하는 것을 어색해하고, 소위 말하는 '오글거리는' 것을 싫어하는 성격이다. 그래서 평소 주변인들을 대할 때도 말투나 행동이 다정한 편이 아니다. 그리고 다정한 말 한마디보다는 만났을 때 잘 챙겨 주고, 잘해 주는 것이 더 중요하다고 생각했다. 그렇기 때문에 특별한 날이나 명절에 건네는 인사말에 별로 신경을 쓰지 않고 건조하게 살아왔다.

하지만 친구는 그런 나에게, 기념일에 애정이 담긴 인사를 주고받으면 함께하지는 못해도 서로를 떠올리고 있다는 생각이 들어서 애틋하고, 마음이 더 풍요로워진다고 말했다. 그 말을 들은 이후로는 내가 먼저 친구들에게 따뜻한 말 한마디를 건네려고 노력하게 되었다. 친한 친구들 이외에도 올해 고마웠던 사람들이나, 갑자기 생각나는 사람들에게 안부를 물었다. 그러다 보니 해마다 떠오르는 사람들이 더욱 소중하게 느껴지고, 관계도 돈독해졌다. 더불어 사람들에게 표현함으로써, 받는 사람뿐 아니라 표현하는 나 또한 따뜻함을 느끼며 더욱 행복한 하루를 보낼 수 있게 되었다.


　부모님에게도 살갑게 표현하지 못하는 딸이었지
만, 용기를 내 보기로 했다. 그날은 엄마와 아빠가
서울에 올라온 날이었다. 부모님과 내 사무실에서
조촐하게 연말 파티를 했다. 엄마 아빠가 "우리 딸,
서울에서 잘 살고 있어서 대견하다."라고 말씀하셨
다. 나도 이어서 "이게 다 엄마 아빠 덕분이야."라고
말했다. 평소 무뚝뚝한 대화나 장난만 치던 것과 다
르게 그날따라 굉장히 훈훈한 대화들이 오갔다. 이
때다 싶어 평소 마음속으로만 생각했던 진심을 표
현했다.

　"아빠, 나는 하고 싶은 일을 하기 위해서 하기 싫
은 일을 참고 견뎌야 했던 지난 몇 년이 정말 힘들었
어. 근데 아빠는 우리 가족을 위해 몇십 년을 그렇게
살아온 걸 생각하면 너무 감사하고 대단하다는 마
음이 들어, 존경해."

　평소 나답지 않은 표현이긴 했다. 그렇지만 진심
이 가득 담긴 표현이기도 했다. 내 말을 들은 아빠가
대답하셨다.

"네가 존경한다고 하니까 나는 그 마음이면 되었다. 아빠는 앞으로도 더 할 수 있다."

생각해 보면 아빠에게 존경한다는 말을 한 번도 전해 본 적이 없었던 것 같다. 나는 살면서 단 한 번도 아빠를 존경하지 않은 적이 없는데, 그제야 아빠에게 진심을 전한 것이다. 아마 그날 아빠에게 그런 말을 하지 않았다면, 아빠는 내가 존경하고 있다는 사실을 전혀 모른 채 살아갔을지도 모른다. 나는 다시 한번 가까운 사이일수록 따뜻한 진심을 나누는 것이 얼마나 중요한지 배웠다. 그날 부모님과 나눈 진솔한 대화들은 내가 더 열심히 일상을 살아가는 데에 큰 힘이 되었다. 물론 엄마, 아빠에게도 큰 힘이 되었으리라 생각한다.

그동안 '나는 이런 성격이야. 나는 원래 그런 거 못 해.'라고 단정 지었던 지난날이 부끄럽게 느껴졌다. 나의 노력 없이 상대방이 먼저 배려하기를 바라고, 먼저 다가오기를 바라는 무책임한 태도였던 것 같다. 내가 상대를 좋아하는 마음을 표현하지 않고도 알아주길 바라는 것은 이기적인 마음이었다. 좋아하는 마음은 무조건 드러내고 표현해야 한다는 것을 시간이 지날수록 더욱 깊이 깨닫는다.

이제는 소중한 사람들에게 자주 안부를 묻고, 애정 표현도 많이 한다. 무뚝뚝한 표현이 쉽게 고쳐지지 않을 때는, 이모티콘을 사용해 보는 것도 좋은 방법이다. 같은 말을 하더라도 더 다정하게 의미 전달이 되기 때문이다. 특별한 날이 아니더라도, 친구가 왠지 기분이 안 좋아 보이는 날이나 문득 상대방에게 고마운 날이 있을 것이다. 그런 날, 관심을 가지고 먼저 들여다봐 주고, 응원의 문자를 남기는 등 좀 더 다정한 표현을 해 보면 어떨까?

"밥 먹었어? 고마워. 사랑해. 축하해. 응원해."

예쁜 말이 덧붙여진 나의 일상은 더욱 풍요롭고 따스해졌다.

# 서른 살, 나의 결혼관

힘든 현실에서 도망치고 싶을 때, 결혼이라는 형태로 도피할까 고민했던 시절이 있었다. 대학원에 다닐 때의 일이다. 늦은 밤까지 과제에 시달리다가 터벅터벅 집에 갈 때면, '도대체 내가 무엇을 위해 또다시 학업의 길을 선택했을까?', '이 시간이 내 인생에 어떤 영향을 미칠까?', '과연 이게 의미가 있는 고생일까?' 끊임없는 의심이 들었다. 꿈을 위해 호기롭게 선택한 길이 힘겨운 오르막길, 울퉁불퉁 비포장도로처럼 느껴지니 미래에 대한 불확실한 감정이 증폭되었다. 간혹 직장 생활을 시작한 친구들의 이야기를 들을 때면 나 혼자 뒤처지고 있다는 생각도 들었고, 대학원 진학이라는 도전이 실패처럼 느껴져서 불안하고 우울했다.

그 당시 내 주변 모든 불안한 상황 속에서 딱 하나, 안정감을 느낄 수 있던 것은 바로 '남자 친구'라는 존재였다. 그 당시 만나고 있던 남자 친구는 나와 오랜 기간 만나며 심리적 안정감을 느끼게 해 주는 사람이었다. 그러한 이유 때문이었을까? 몸과 마음이 지쳤던 어느 날, '아, 그냥 시집이나 갈까?' 하는 생각이 머리를 스쳤다. 지금 돌이켜 보면, 결혼의 의미를 삶의 도피처쯤으로 생각했던 것에 부끄러움을 느낀다. 내가 얼마나 결혼의 무게를 가볍게 여겼는지 깨달았고, 그런 마음으로부터 경계심을 가져야만 한다는 생각이 들었다.

내가 자라 온 가정 환경은 나의 결혼관에 많은 영향을 주었다. 첫 번째, 우리 집은 화목하고 분위기가 좋은 편이다. 그래서 가족과 함께 있을 때는 항상 안정감을 느껴 왔다. 그래서 누구나 결혼을 하고, 가정을 꾸리면 이렇게 안정적인 삶을 살게 되는 건 줄 알았다.

두 번째로, 나도 모르는 사이 가족의 역할에 대해
고정적이고 단편적인 시각을 가지고 있었다. 우리
아빠는 밖에서 일하시며 생계를 책임지셨고, 엄마는
집안의 모든 가사를 담당하셨다. 철저하게 나누어진
부모님의 역할을 보고 자랐기 때문에 나는 그것이
당연하다고 생각했다. 여자는 육아를 시작함과 동시
에 일하지 않고, 집 안에서 가족을 돌보는 역할을 한
다는 가치관에 물들어 있던 것이다. 이런 생각이 오
랫동안 자리 잡고 있으니, 일하고 싶지 않을 때마다
결혼을 떠올린 것이 분명하다.

한 살 한 살 나이를 먹어 가면서 새롭게 알게 된
사실은, 세상에는 생각보다 다양한 결혼관을 가진
사람이 많다는 것이다. 내 주위만 봐도, 결혼은 절대
로 하지 않고 평생 연애만 할 거라는 '비혼주의자'
지인. 결혼식은 올렸지만 혼인 신고를 하지 않고 딩
크족으로 사는 친구 등이 있다. 그들은 그때 당시 나
의 결혼관으로는 도무지 이해할 수 없는 형태의 결

혼을 희망했다. 그리고 당연하게 생각했던 '아빠는 일, 엄마는 살림'을 담당하는 형태의 가정보다 맞벌이를 당연시하는 분위기가 놀라웠다. 내가 평범하다고 생각했던 결혼 생활과 현실의 결혼 생활은 매우 달랐다.

그래서 다시 '결혼이란 무엇일까?'에 대해 고민하게 되었다. 이전에는 결혼 가치관에 대해 나의 기준을 갖고, 진지하게 생각해 본 적이 없었다. 막연히 멋진 남편을 만나서 행복한 가정을 만든다는 구체적이지 않은 로망만 있었을 뿐, 멋진 남편의 기준도, 행복한 가정의 기준도 없었다. 설사 있었다고 한들, 현실성 없는 판타지에 가까운 이야기들이었다.

행복한 가정을 이루기 위해 스스로 노력하려 한 적도 없다. 그 꿈을 이루어 줄 상대를 찾기 바빴다. 이제는 나의 로망을 실현하게 해 줄 상대를 찾는 것보다, 나 스스로가 어떤 사람인지, 나에게 적합한 결혼은 무엇인지, 내가 상대방에게 어떤 상대가 되어 줄 수 있는지 알아야만 했다. 또 그것을 위해 어떠한 노력을 해야 하는지, 생각해 볼 필요가 있었다.

내가 서른이 되고 나서 가장 많이 듣는 질문은 '너는 언제 결혼할 거야?'이다. 그래서 자연스레 결혼 적령기에 대해 생각해 보게 되었다. 사실 어릴 땐 서른 즈음에는 결혼을 하고, 아이 엄마가 되어 있으리라 상상했다. 당시 나에게 서른은 안정적이고 성숙한 '진짜' 어른의 나이였다. 그래서 '서른이 되면 결혼을 하겠지.'라는 막연한 생각을 하고 있었다. 그러다 어느새 20대 후반에 접어들었고, 주변인들이 줄줄이 결혼할 때마다 나도 모르게 조급한 마음이 들었다. 이전까지 나에게 결혼이라는 것은 '언제'라는 것에 초점이 맞춰져 있었기 때문이다.

하지만 막상 서른 살이 되어 보니, 나는 여전히 그리고 당연히 많이 부족하다. 그리고 해야 할 일도, 하고 싶은 일도 너무나 많다. 단순히 서른 살이라는 나이가 나를 결혼이라는 책임과 희생을 감당할 수 있는 사람으로 만들어 주지는 않았다.

드라마 〈쌈, 마이웨이〉 중 인상 깊은 장면이 있다. 주인공 애라와 친구인 설희가 꿈에 대한 대화를 나누는 장면이다. 드라마에서 줄곧 꿈을 위해 도전하고 부딪히는 애라와는 다르게, 남자 친구에게만 매달리는 설희에게 애라는 "너도 자기 개발도 하고 꿈도 찾아봐."라고 말한다. 그러자 설희는 "나도 꿈 있어. 내 꿈은 엄마야. 다들 자신을 위해 자기 개발하니, 나 하나쯤은 가족을 위해 살아도 되는 거잖아." 하고 말했다.

그 장면을 보고 놀랐었다. 꿈이 엄마라니. 동시에 '엄마'라는 직업을 꿈과 맞바꾸어야 하는 '희생'쯤으로 생각해 온 나 스스로가 정말 부끄러웠다. 우리 엄마만 떠올려보아도 집안 살림을 꾸리고, 가족을 위해 맛있는 음식을 만들고, 가족을 챙기는 일에 즐거움을 느낀다. 가정주부라는 역할이 꼭 커리어를 포기하는 일이 아니라 훌륭한 꿈이 될 수 있고, 그 일에 행복을 느끼는 사람이 있다는 것을 인정하게 됐다.

하지만 나는 그런 사람이 아니었다. 내가 연애할 때마다 느끼는 것은, 나에겐 사랑도 중요하지만 그만큼 나의 일과 생활이 매우 중요하다는 것이다. 나는 평생 육아와 가사만을 하면서도 행복을 느껴 온 엄마처럼 가정적인 사람이 아니었다. 하지만 가정적인 부모님의 영향 덕에, 가족의 소중함에 대해 아주 잘 알고 있다. 그래서 누구보다도 행복한 결혼 생활을 꿈꾼다. 내가 바라는 행복한 결혼 생활을 위해서는, 완전한 희생보다는 일과 가정 사이의 균형을 잡는 것이 중요하다는 확신이 들었다.

결혼에 대한 가치관이 모두 다른 것처럼, 엄마와 아내의 역할에 대한 가치관도 모두 다를 수 있다. 이렇게 생각하고 나니, 오히려 마음이 편안해졌다. 나는 우리 엄마처럼 희생적이고 가정적인 사람이 아니라, 결혼할 자격이 없다고 자책한 적도 있기 때문이다. 하지만 '내가 할 수 있는 아내와 엄마의 역할을 하면 되겠다.'라는 생각을 한 이후로는 오히려 자신감이 생겼다.

나는 결혼 생활을 하면서도 계속해서 나의 커리어를 위해 '꿈꾸는' 삶을 살고 싶다. 그런 나를 보며 배우자와 자녀들 또한 힘을 얻고, 각자의 꿈을 위해 달려 나갈 수 있도록 이끌어 주고 싶다. 내 꿈을 내려놓고 가족을 지원해 주는 것보다는 먼저 달려가서 끌어 주고, 도움을 주고, 응원해 주는 것. 이것이 가장 '나'다운 아내, 엄마의 모습이라는 생각이 들었다. 이런 결혼이라면, 나 역시 행복을 느끼며 결혼 생활을 잘 할 수 있으리라 생각한다.

서른의 나는 여전히 결혼이 너무 어렵게 느껴진다. 나에게 적합한 결혼을 찾기 위해 아직 고민하는 중이다. 다만, 결혼에 대한 진지한 고민을 통해, 나의 삶을 더욱 주체적으로 이끌어 갈 수 있는 여유를 가지게 되었다. 이제는 더 이상 주변의 결혼 소식에 마음이 조급해지거나 흔들리지 않는다. 오히려 결혼에 대한 압박을 내려놓고 연애도 더 건강하게 할 수 있게 되었다. 결혼을 몇 살에 하느냐는 이제 나에게 전혀 중요하지 않다. '언제' 결혼할 것인지보다는 '어떤' 결혼을 할 것인지에만 포커스를 맞추기로 했다.

# 시간의 가치

　내가 살면서 가장 무가치하게 시간을 보낸 시기를 꼽자면 대학원을 다닐 때가 아닌가 하는 생각이 든다. 하지만 그 시기는 나에게 나태함을 경계하고 부지런한 삶을 유지할 수 있게 만들어 준 중요한 계기이기도 하다. 나는 대학원 재학 시절에 평일 오전 9시부터 오후 9시까지, 게다가 주말에도 연구실로 출근을 했었다. 그리고 주 3일에서 4일 정도는 회식이 있었다. 주말에는 체육 대회를 진행하고, 강제 등산에 참여기도 하였다. 여름 엠티와 겨울 엠티는 정기적인 행사였다.

근무 시간에는 수업 과제와 연구실에서 시키는 잡다한 업무를 하는 것이 주를 이루었다. 정해진 출퇴근 시간이 있었기 때문에, 일이 없는 날에도 억지로 자리를 지켜야만 했다. 그런 날에는 어떻게든 퇴근까지 남은 시간을 채우기 위해 영화를 보거나, 핸드폰 게임을 하면서 시간을 보냈다. 하루 12시간 근무의 대가로 나는 30만 원의 월급을 받았다. 그리고 어떤 달은, 그것마저도 없는 경우도 많았다. 나는 난생처음으로 휴식 시간도 내 맘대로 결정할 수 없는 상황에 처해 있었다. 그때 그 시간이 너무 힘들었기 때문에, 모든 시간을 수동적으로 보내야 한다는 것이 나에게 얼마나 고통스러운 일인지 알게 되었다.

또 다른 예로는, 점심 메뉴를 통일하기 위해 여러 명의 의견을 취합하고, 밥을 먹고 싶지 않은 날에도 때맞춰 식사해야 하는 것. 할 일을 다 끝내고, 퇴근 시간이 훌쩍 지났음에도 교수님의 호출을 대비해 늦은 시간까지 자리를 지켜야 하는 것. 앞서 말했듯 잦은 회식과 얼마 없는 휴일까지도 연구실 친목 도모를 위해 사용되는 것 등이 있었다. 원활한 단체 생활을 위해 비효율적으로 보내는 시간이 너무 아깝게 느껴졌다. 그러다 문득, 졸업하고 회사에 가더라도 지금과 별반 다르지 않을 것 같다는 생각이 들었다. 현실적인 문제로 직장 생활을 시작하긴 했지만, 나는 최대한 짧은 시간 안에 회사로부터 독립해야겠다는 다짐을 하게 되었다.

많은 시간이 흐른 지금, 나는 프리랜서로 살고 있다. 현재는 하루 24시간, 모든 시간을 자유롭게 사용하고 있다. 붐비는 맛집이나 여행지를 갈 때는 평일 오전 시간을 활용하여 비교적 한가하게 여유를 즐긴다. 식사 시간도 내 컨디션에 따라 조절할 수 있고 메뉴 선택도 물론 자유롭게 할 수 있다. 낮 시간을 여유롭게 밖에서 보내고 밤 시간에 집중해서 할 일을 끝내면 하루를 훨씬 보람차게 보낸 것 같은 기분이 든다. 생각한 것처럼 프리랜서의 삶이 조직 생활보다 잘 맞는다는 생각이 들고, 나의 결정이 아주 만족스럽다.

하지만 프리랜서로서 늘 시간의 효율성에 대해 고

민할 수밖에 없다. 프리랜서의 삶은 시간의 자유도가 매우 높다는 것을 체감한다. 반대로 자유도가 높다는 것은 그만큼 시간을 책임감 있게 계획하고 사용해야 한다는 말이 되기도 한다. 시간을 사용하는 것에 어떤 강제성도 없기 때문에 종종 나태해지는 스스로를 발견할 때도 있다. 그렇지만, 매우 다행이라고 생각하는 점은 프리랜서가 되기 전에 대학원 연구실 생활을 통해 시간의 소중함에 대해 절실히 느꼈다는 점이다. 그래서 나는 시간을 효율적으로 사용하기 위한 방법에 대해 계속해서 고민해 왔다.

나에게도 여러 번의 시행착오가 있었다. 처음 프리랜서 생활을 시작했을 때는 아침에 일어나는 시간과 생활 루틴을 정하고, 그 계획을 지키기 위해 노력했다. 하지만 막상 그렇게 살아 보니, 갑자기 생기는 다른 일들로 인해 계획이 어긋나거나, 의지가 부족하여 쉽게 무너지는 나 자신을 발견했다.

예를 들면 기상 시간을 8시로 정해 두었는데, 전날 과음을 하게 되어 다음 날 하루를 다 날린다든지,

헬스장을 가야 하는 시간인데, 가기 싫어 뒹굴뒹굴하다가 이미 헬스를 가서 운동이 끝났을 시간까지 출발을 못 한다든지 하는 일도 있었다. 일하다가 잠깐 여유 시간이 생겨서 넷플릭스로 드라마를 보는데, 30분만 보려 했던 게 3시간이 되고, 그날 하려던 것을 못 하고 지나간 적도 있다. 보통 식사 후에는 배가 부르니 잠이 쏟아지고 집중이 되지 않는다. '잠깐만 쉴까?' 하면서 침대에 누웠다가, 눈을 뜨니 저녁이 되어 있는 날도 허다했다. 제지하는 사람이 없으므로, 나 스스로 좀 더 시간 관리를 엄격하게 해야 한다는 필요성을 느꼈다.

그래서 나에게 맞는 시간 관리 방법을 찾기 위해 노력했다. 지키기 어려운 촘촘한 계획보다는 그날의 내 컨디션과 일정, 상황에 맞게 시간을 효율적으로 쓰기로 마음먹었다. 제일 먼저, 지하철과 버스를 타는 이동 시간을 활용하기 시작했다. 가능한 차가 막히는 시간에 움직이는 것은 최대한 피하고, 이동하는 시간엔 영어 공부를 하거나 경제 방송을 들었다. 약속 장소에서 누군가를 기다리는 자투리 시간은 유튜브 영상 편집에 시간을 쏟았다. 운이 좋게도 영상 편집은, 자투리 시간을 활용하기에 가장 적합한 작업이었다.

내 의지 때문에 일정이 미루어지는 상황에서는 다른 방식으로 문제를 해결해 보았다. 헬스장에 가기 싫어질 때는 과한 소비를 하지 않는 선에서 예쁜 운동복을 사서 다시 운동 의지를 불태운다든지, 짧은 쉬는 시간에는 러닝 타임이 긴 드라마보다는 10분, 20분 미만의 유튜브 영상을 본다든지 말이다. 나에게 맞는 시간 관리법은 시간표를 정해 그 틀 안에서 움직이는 것보다, 나라는 사람의 상황과 업무 효율을 생각하며 시간을 사용하는 것이 가장 적합했다.

유튜브로 내 일상을, 내가 보내는 시간을 기록하는 것도 시간을 가치 있게 쓰기 위한 나만의 비법이다. 나는 한 주의 일상을 영상으로 만드는 일을 한다. 처음엔 단순히 일기장이나 블로그에 적는 글처럼 기록하기 위함이었다. 내가 먹은 음식, 입었던 옷, 다녀온 장소, 그 당시 나의 기분 등. 찰나를 담는 사진과는 다르게, 영상은 일상을 생생하게 기록하기에 아주 좋은 방법이었다. 점차 사람들이 찾아 주는 채널이 되면서, 일상을 공유하는 것에도 흥미를 느꼈다. 누군가가 내 일상을 지켜봐 주고 있다는 느낌은 일상을 더 알차게, 열심히 살게 했다.

3년간의 일상 기록을 통해 나의 삶은 많이 바뀌었다. 더 예쁜 밥상을 차리기 위해 노력하다 보니, 요리 실력도 많이 늘게 되었다. 한 달 동안 꾸준히 헬스장 가기 영상을 찍다 보니, 운동 실력도 많이 늘었다. 몸이 무겁고 무기력한 날, 아무것도 하고 싶지 않은 기분이 들어도 나를 기다려 주는 사람들을 위해 힘을 내게 되었다. 또한, 다양한 콘텐츠를 위해 도전하는 것이 익숙해지면서 색다른 경험도 많이 하게 되었다.

쉽게 루틴을 잃을 수도 있는 프리랜서인 나에게, 유튜브 영상을 찍는 것은 스스로를 통제하기에 좋은 장치가 되었다. 물론 초반에는 그것이 도가 지나쳐, 보여 주는 것에 치우친 일상을 보낼 때도 있었지만, 지금은 전혀 아니다. 오히려 나를 좋은 길로 인도하는 수단으로 활용하면서 일상을 살아가는 데 큰 도움을 받고 있다.

물 2리터 마시기, 일주일에 3번 이상 헬스장 출석하기, 올해 안에 운전면허 따기 등 해야 하는데 내 의지 부족으로 계속해서 실패하는 일들을 하기에 앞서, 영상으로 먼저 챌린지 선언을 할 때가 있다. 그러면 부끄러워서라도 그 약속을 지키기 위해 노력을 하게 된다. 확실히 혼자 방구석에서 일기를 쓸 때보다 더욱 많은 고민을 하게 되고, 실행력에 불이 붙을 때가 많다. 한 주에 하나 정도의 챌린지에 도전했을 때, 일 년에 50개가 넘는 목표를 이루거나 경험하게 되었다. 한 주 동안 나의 노력이 쌓이는 기분이 들어서 일주일 일상을 편집해서 올리고 나면, 뭔가 모를 뿌듯한 기분이 들었다. 기록은 내 시간을 '보내는' 것이 아니라 '모으는' 것이라는 생각을 하게 했다.

성격도 많이 바뀌고 안 좋은 습관들도 바뀌게 되

었다. 영상을 편집하는 과정에서 나도 몰랐던 나의 습관들을 발견할 때가 있다. 말할 때 "음… 어… 이제…." 같은 불필요한 말을 많이 한다던가, 집중할 때 미간에 주름이 진다던가, 때로 불친절한 말투를 사용한다는 점처럼 스스로 보기에 불편한 모습들이 있었다. 그런 장면들은 최종 영상에서 편집하면서, 실제 모습에서도 고치기 위해 애썼다. 계속해서 의식하다 보니 어느새 많이 고쳐지고 좋은 쪽으로 변화하고 있다.

기록하는 과정에서 내가 많이 변화하고 발전한다는 것을 느낄 때가 많다. 학창 시절에 일기를 쓰며 자존감이 낮았던 모습에서 탈피한 것. 유튜브 채널 운영을 통해 더 나은 모습으로 바뀌어 가는 것. 그리고 지금 글을 쓰는 과정에서도 내가 바뀌어 간다는 것을 많이 느낄 수 있다. 덮어 두었다가 몇 달 뒤에 다시 펼쳐서 읽어 보면, 부끄러운 생각이 들어 얼른 고치게 되는 글이 많다. 예전의 글을 지금 다시 고칠 수 있다는 것은, 그 짧은 사이에도 내가 성장했다는 의미로 받아들일 수 있다.

기록의 형태는 모두 다르지만, 기록하는 이유나 목적은 비슷하다. 나에게 있었던 일들을 생생하게 기억하고, 훗날 다시 돌아보고, 고쳐 보고, 더 나은 모습이 되기 위해 노력하는 것. 이것이 내가 일상을 기록하고 담는 이유이다.

　이러한 고민과 노력으로 낮과 밤, 평일과 주말처럼 남들이 규정한 기준이 아닌 오롯이 '나의 시간'을 온전히 보낼 수 있게 되었다. 또한 많은 시간을 절약하게 되었고, 시간을 가치 있게 사용하는 습관을 들이게 되었다.

　앞으로도 나의 나태함은 언제라도 찾아올 것이다. 하지만 그럴 때마다 나는 주 6일 동안 연구실에 묶여, 시간을 허투루 보내며 괴로워하던 그 시절 나의 모습을 떠올릴 것이다. 그리고 시간의 가치에 대해 늘 떠올리며, 중요하고 의미 있는 일로 가득 채워 나갈 것이다.

# 에필로그

처음 시작할 때만 해도 내가 과연 이 책을 마무리할 수 있을까 겁이 났다. 하지만 일단 해 보자는 마음으로 적어 보았다. 혹시 출간하지 못할 수도 있으니, 글을 적고 있다는 사실도 주변 사람들에게 알리지 않았다. 아무에게도 보이지 못할 미완성의 글이 될 수도 있지만 서른, 이쯤에서 나를 돌아보고 그간의 삶을 기록해 보는 것만으로도 충분히 의미가 있다고 생각했다.

이 책을 쓰는 과정에서 과거의 나와 자주 마주하게 되었다. '어떤 주제를 써 볼까?'라는 고민은 곧 내 인생에 중요했던 순간들을 생생히 되짚어 보게 했다. '그때 내가 왜 그런 행동을 했지?' 하는 물음은 그 당시 나의 감정과 결정을 객관적인 눈으로 바라보게 만들어 주었다. 객관적인 관점에서 바라본 '나'는 부족한 점이 정말 많은 사람이었다. 처음에는 그 모습을 정면으로 마주하는 것이 괴로웠다. 과거의 잘못과 서투름을 받아들이는 것이 솔직히 쉽지만은 않았다. 하지만 문제를 솔직하게 인정하는 연습을 통해 전보다는 담담하게 나를 내려놓을 수 있게 되었다.

나는 어릴 때부터 자존감이 높아 보인다는 이야기를 많이 들었다. 나를 기록하며 알게 된 사실은, 나는 '자존감'이 높은 게 아니라 '자존심'이 센 사람이었다는 것이다. 그래서 자존감이 떨어질 때마다 더 자존심을 부렸다. 나에게 자존심은 더 잘나 보이고, 더 세 보이기 위한 수단이었다. 그러다 보니 힘든 상황에서 더 힘들 수밖에 없었다. 번아웃의 시기를 겪고, 그걸 극복하는 과정에서 천천히 내려놓는 연습을 했다. 빳빳하던 나의 자존심을 조금 더 유연하게 만들고 싶었다. 허영에서 자유로워지기 위해, 남들이 보는 꾸며진 행동에서 벗어나기 위해서 말이다. 이제야 내가 진짜로 좋아하는 게 무엇인지, 내가 무엇을 해야 진짜로 행복한지 깨닫게 되었다(물론 지금도 100퍼센트 완벽히 안다고는 할 수 없지만).

책을 쓰기 시작한 작년과 비교했을 때, 눈에 보이는 큰 변화는 없다. 이 글을 쓰기 전에도 나는 나만의 방식과 나만의 길을 천천히 찾아가고 있었다. 그렇지만 분명히 조금은 더 단단해졌다. 나를 마주하는 일에 더 솔직해졌기 때문이라고 생각한다. 나의 찌질한 모습을 예전보다는 좀 더 당당히 인정하고 밝힐 수 있게 되었다. 이제는 스스로를 잘 달랠 줄 아는 사람이 되었다. 더 이상 내가 버겁지 않다.

나를 제대로 돌아보고 나니, 내가 바라던 행복에 조금 더 가까워질 수 있었다. 내가 생각했던 것처럼 '행복'이란 많이 가질 때, 많은 것을 이뤘을 때, 더 자유로울 때 느끼는 감정이 아니었다. 물론 이런 것들로 순간적인 행복을 느낄 순 있겠지만, 지속적이거나 무조건적이진 않았다. 보편적인 관점에서 즐거워야만 했던 시절에, 정작 나는 불안이 행복을 덮쳐서 행복을 느끼지 못했다. 반면에 내가 나를 가장 잘 알 때, 내 과거와 현재 그리고 미래에 '나만의 확신'이 있을 때 불안한 감정은 줄었고, 행복은 오래 느낄 수 있었다.

나는 행복할 수 있는 방법, 즉 나를 돌아보는 방법으로 '기록하는 것'을 택했다. 어릴 때부터 적어 온 일기, 사진으로 남기고 싶어 시작한 블로그, 좀 더 생생한 기록을 위해 도전한 유튜브를 통해 꾸준히 나와 내 주변을 기록했다. 다시 꺼내 보면 흑역사처럼 느껴지더라도, 그때의 모습을 인정하기로 했다. 예전 모습이 부족하게 느껴진다는 것은, 현재의 나는 그렇지 않다는 것이니까 괜찮다.

더 나아가서 앞으로 되고 싶은 모습을 쉽게 그려 볼 수 있게 되었다. 평생 꿈꾸는 사람이 되는 것, 상대방을 진심으로 대하는 것, 다정한 사람이 되는 것. 기록을 통해 계속해서 '되고 싶은 나'의 모습을 그려

가고 있다. 그래서 지금도 상상 속 나의 모습과 가까워지려고 노력 중이다. 나아진다는 믿음만 있다면 현재의 내 모습이 비록 초라하고 부족하더라도 괜찮다. 무엇이든지 해 볼 수 있으니까 괜찮다. 스스로 계속 확신과 긍정의 에너지를 불어넣는다면, 정말로 바뀔 수 있다. 나는 그렇게 믿기로 했다. 이 글을 읽고 계신 분들도 나와 함께 믿기를 바란다.

끝으로, 긍정적이고 애정이 담긴 눈으로 바라보는 태도는 자신에게도, 타인에게도 중요하다. 책을 적는 과정에서 나의 새로운 시작에 관심과 애정을 담아 응원해 주신 분들이 있다. 내가 무사히 끝맺을 수 있었던 것은 다 그분들의 진심 어린 응원과 관심 덕분이라고 생각한다. 사랑하는 가족들, 항상 나를 믿어 주는 친구들, 부족한 나에게 늘 넘치는 사랑과 응원을 보내 주시는 '상희sanghui' 채널의 구독자님들. 그리고 나의 글을 쓰고, 나의 길을 걸어가는 데 많은 도움을 주신 분들에게 진심으로 감사의 말을 전하고 싶다.

# 바람이 부는 대로
# 마음이 끌리는 대로

**초판 1쇄 인쇄** 2022년 5월 20일
**초판 1쇄 발행** 2022년 5월 30일

지은이    이상희
펴낸이    김동혁
펴낸곳    강한별 출판사

기획      서가인
책임편집  김주빈
디자인    서승연

출판등록  2019년 8월 19일 제406-2019-000089호
주소  경기도 파주시 탄현면 헤이리마을길 21-7 3층
대표전화  010 -7566 -1768  팩스  031- 8048 - 4817
이메일  wjddud0987@naver.com

ISBN 979-11-92237-05-3
· 책 값은 뒤표지에 있습니다.
· 파본 도서는 구입하신 서점에서 교환해 드립니다.